W0464271

FAMILIE DER GEFLÜGELTEN TIGER

Die Arbeit an der vorliegenden Veröffentlichung wurde unterstützt
mit einem Stipendium des Ministeriums für Wissenschaft,
Forschung und Kultur des Landes Brandenburg.

S. 222 »Berlin Lied«,
© Wenzel/Mensching

MIX
Papier aus verantwortungsvollen Quellen
FSC® C083411

Verlag Kiepenheuer & Witsch, FSC® N001512

1. Auflage 2016

© 2016, Verlag Kiepenheuer & Witsch, Köln
Alle Rechte vorbehalten. Kein Teil des Werkes darf in irgendeiner Form
(durch Fotografie, Mikrofilm oder ein anderes Verfahren) ohne schriftliche
Genehmigung des Verlages reproduziert oder unter Verwendung
elektronischer Systeme verarbeitet, vervielfältigt oder verbreitet werden.
Umschlaggestaltung Barbara Thoben, Köln
Foto der Autorin Jonas Ludwig Walter
Gesetzt aus der Karmina von José Scaglione und Veronika Burian,
der Rockwell von Frank Hinman Pierpont
und der Erika Ormig von Peter Wiegel
(http://www.peter-wiegel.de/Erika.html)
Satz Buch-Werkstatt GmbH, Bad Aibling
Druck und Bindung CPI books GmbH, Leck
ISBN 978-3-462-04875-9

Für Matheo

1

Die einzige Narbe am Körper meiner Mutter

Im Waschbecken lag der Igel, in der Badewanne lag meine Mutter. Sie hatte die Augen geschlossen und den Kopf in den Nacken gelegt. Ihre Ohren waren unter Wasser, sie hörte nicht, wie ich ins Bad kam und mich auf den Klodeckel setzte. Auch der Igel nahm keine Notiz von mir, er trieb im halb gefüllten Waschbecken und hatte alle viere von sich gestreckt. Er war sicher der kleinste, der je bei uns überwintert hatte. Um ihn herum schwammen unzählige schwarze Punkte, einige der Flöhe zappelten noch an der Wasseroberfläche. Ich betrachtete die beiden Badenden und musste lächeln.

Meine Mutter hatte dem Igel seit Wochen dabei zugeschaut, wie er nicht wuchs. Wenn er beim ersten Frost noch so dünn ist, hole ich ihn rein, hatte sie bei jedem Telefonat angekündigt und vermutlich insgeheim darauf gehofft. Ich hielt es durchaus für möglich, dass sie hin und wieder absichtlich vergessen hatte, ihm ein Schälchen Katzenfutter neben den Komposthaufen zu stellen.

Auch ich hatte jeden Morgen auf das Thermometer vor dem Fenster meiner Berliner Wohnung geschaut und die Striche über dem Gefrierpunkt gezählt. Normalerweise machte ich mir nichts aus Wetter, doch in diesem Winter war ich neugierig auf die längeren Bremswege der Straßenbahnen und die Zuverlässigkeit der Weichenheizungen. Also hatten wir um die Wette auf den ersten Frost gewartet, ich in Berlin, meine Mutter in Löcknitz. Nun lag draußen der erste Schnee und drinnen der Igel im Waschbecken, sie hatte gewonnen.

Meine Mutter öffnete die Augen und hob den Kopf aus dem Wasser. Mein Blick fiel auf die längliche Narbe oberhalb des Schamhaaransatzes, die von meiner Geburt geblieben war. Die weiße Linie war deutlich zu sehen.

Der wiegt keine dreihundert Gramm, sagte ich und deutete mit dem Kinn auf den Igel.

Bodo bringt zweihundertsiebzig auf die Waage, sagte meine Mutter.

Bodo also, sagte ich und meine Mutter nickte. Sie nahm die Shampooflasche, drückte einen Klecks in ihre Handfläche und schäumte sich den Kopf ein, das Badewasser schlug kleine Wellen.

Ich dachte an all die Tiere, die meine Mutter schon aus der Landschaft gesammelt hatte. Ich versuchte das Prinzip zu erkennen, nach dem sie einen Namen bekamen oder nicht. Als ich klein war, hatten wir uns oft zusammen Namen für die Fundtiere ausgedacht. Später hatte ich nur noch die Augen verdreht, wenn meine Mutter einen neuen Schützling auf den Küchentisch setzte. Es hatte die hinkende Ratte Bertha und den verwurmten Feldhasen James gegeben, es hatte aber auch den flugunfähigen Eichelhäher und die schneckenkornvergiftete Blindschleiche gegeben, die nur *der Eichelhäher* und *die Blindschleiche* geheißen hatten. Igel hatten wir auch oft gehabt, bisher hatten die aber nur *Igel* geheißen.

Könntest du Bodo abtrocknen und in seine Kiste setzen?, fragte meine Mutter.

Die Selbstverständlichkeit, die in ihrer Frage lag, ärgerte mich. Als Kind hatte ich es geliebt, ganze Sonntage mit dem Reinigen von Käfigen und dem Bürsten von Fell zu verbringen. Aber mit dem ersten Kuss und der ersten heimlichen Zigarette im Maisfeld hinter der Tankstelle war mir die Lust darauf vergangen, und dann hatte ich meine halbe Jugend darauf verwenden müssen, meiner Mutter beizubringen, dass ich mich nicht länger um ihre Fundtiere kümmern würde. Sie hatte das Viehzeug angeschleppt, also hatte sie es auch zu versorgen. Ich jedenfalls wollte keine Wurmkuren mehr unters Futter mischen und nie wieder Kamillentee in Fläschchen füllen, und es war mindestens sieben Jahre her, dass ich das zuletzt getan hatte. Ich verschränkte die Arme vor der Brust.

Ich würde gerne noch ein bisschen in der Wanne bleiben, sagte sie, bitte kümmere dich um Bodo, nur dieses eine Mal.

Die Vorstellung, wie meine Mutter allein in der Küche saß, den Igel vor sich auf dem Tisch, und Namen an ihm ausprobierte, machte mich traurig. Seit meinem Auszug gab es niemanden mehr, der die Augen verdrehte, wenn sie bei der Namenswahl danebengriff. Ich ging zum Waschbecken und tauchte die Hände in das lauwarme Wasser, das mit einem Spritzer Spülmittel gegen die Flöhe versetzt war. Ich nahm den Igel vorsichtig hoch und setzte ihn zum Abtropfen auf ein Handtuch, dann zog ich den Stöpsel. Während ich den schwarzen Punkten dabei zusah, wie sie Richtung Abfluss kreisten, rechnete ich aus, dass es nur noch siebzehn Stunden dauern würde, bis ich wieder in meiner Berliner Wohnung wäre, in der es nicht mal eine Fruchtfliege gab. Ich seufzte. Es war noch keine zwei Stunden her, dass ich aus dem Regionalzug gestiegen war.

Es war mein erster Besuch in Löcknitz, seit ich vor vier Monaten von zu Hause ausgezogen war. Im Hausflur neben den acht Briefkästen hatte mich ein Zettel empfangen, auf dem meine Mutter die Nachbarn um Unterschriften gegen die von der Hausverwaltung geplante Einmauerung des Komposthaufens bat. *Ja zum Igel! Nein zum Ziegel!*, stand in Großbuchstaben darauf. Im Wohnungsflur war mir ein Geruch entgegengeschlagen, der mir sehr vertraut war, den ich aber zum ersten Mal bewusst wahrnahm. An der Wand, an die meine Mutter alle Postkarten anzupinnen pflegte, die sie bekam, hatte ich keine Neuzugänge entdeckt. Ich hatte die Tür zu meinem alten Kinderzimmer aufgestoßen und einen Blick hineingeworfen, nicht einmal das Bett war abgezogen. Bis auf den Zettel im Hausflur hatte sich hier nichts verändert.

Das Wasser war abgelaufen, ich spülte die restlichen Flohpunkte in den Abfluss und wandte mich dem Igel zu. Ich strich ihm über den Rücken, bis er sich ausrollte, drehte ihn um und untersuchte seinen Bauch.

Dein Bodo ist ein Weibchen, sagte ich.

Soso, sagte meine Mutter, dann muss er wohl Boda heißen.

Ich trocknete Boda vorsichtig ab und setzte sie in die große Holzkiste, die unter dem Waschbecken bereitstand. Die Kiste war mit Zeitungspapier ausgelegt, in einer Ecke stand ein kleiner Pappkarton und davor ein Schälchen Katzenfutter, über das sich Boda sofort hermachte. Meine Mutter sah zufrieden aus und ich fragte mich, ob diese Zufriedenheit Bodas Appetit galt oder der Tatsache, dass sie mich nach all den Jahren dazu gebracht hatte, doch noch einmal eines ihrer Fundtiere zu versorgen. Ich setzte mich wieder auf den Klodeckel.

Ich habe sieben von acht Unterschriften gegen die Kompostmauer, sagte meine Mutter.

Es fehlen die Pietreks, sagte ich und meine Mutter nickte. Die Pietreks gehörten zu den Menschen, die sich nur auf ihr Sofa setzten, wenn eine Schutzhülle aus Plaste darübergezogen war. Herr Pietrek war in all den Jahren Nachbarschaft nur einmal bei uns gewesen, um sich Werkzeug auszuleihen. Befremdet hatte er die vier ungleichen, vom Sperrmüll zusammengesammelten Holzstühle betrachtet, die um unseren Küchentisch standen. Seither warf Frau Pietrek an jedem Ersten des Monats ein Zettelchen in unseren Briefkasten, auf dem sie uns daran erinnerte, wann wir mit dem Treppenputz an der Reihe waren.

Kannst du nicht mal mit ihnen reden?, fragte meine Mutter.

Sieben Unterschriften werden reichen, sagte ich.

Acht wären aber besser, sagte sie.

Wenn nur sieben Mietparteien gegen die Kompostmauer sind, sagte ich, dann musst du das akzeptieren.

Nein, sagte sie, dann muss ich die achte noch überzeugen.

Vergiss es, die Pietreks können dich nicht ausstehen.

Deswegen frage ich ja dich.

Mich können die Pietreks auch nicht ausstehen.

Ich würde eher sagen, mit dir haben sie Mitleid. Weil du meine Tochter bist.

Einen Moment lang schauten wir uns an. Meine Mutter hatte die Hände auf den Wannenrand gelegt, um keine Schrumpelfinger zu bekommen. Ihre Hände sahen trotzdem schrumpelig aus. Ich wehrte mich gegen den Impuls, ihr zu versichern, dass ich mein Tochtersein nicht für bemitleidenswert hielt.

Ich will nicht mit den Pietreks reden, sagte ich stattdessen. Und wie wäre es, wenn du endlich anfängst, nach Praxisräumen zu suchen, anstatt deine Zeit mit dem Kampf gegen ein paar Ziegelsteine zu vergeuden.

Meine Mutter wandte den Blick von mir ab, dann legte sie den Kopf in den Nacken und spülte sich den Schaum ab. Er rann über ihren Hals und die Brüste ins Wasser und verteilte sich. Ich suchte nach der Narbe, doch der Schaum verdeckte sie.

Wenn es dir egal ist, dass ein paar Ziegelsteine einen ganzen Lebensraum zerstören, kümmere ich mich eben allein darum, sagte sie und stellte die Brause aus. Mir fielen zum ersten Mal die Furchen auf, die sich um ihre Mundwinkel bogen, als wollten sie alles, was meine Mutter sagte, in Klammern setzen.

Da ist übrigens eine Nachricht für dich auf dem Anrufbeantworter, fügte sie hinzu.

Von wem?

Hör's dir an, sagte sie und zog den Stöpsel.

Ich ging zum Schuhschrank im Flur, auf dem das Telefon stand, und drückte die Abhörtaste.

Hier ist der Anschluss von Astrid und Johanna Haller, hörte ich die Stimme meiner Mutter, wir sind leider gerade nicht da.

Sie hatte die Ansage nicht geändert, als würde ich noch immer hier wohnen. Die Nachricht war von vorgestern, empfangen um sechzehn Uhr dreiundzwanzig.

Hallo, hier ist Jens, sagte eine Männerstimme und räusperte sich. Es dauerte einige Sekunden, bis ich den Namen meinem Vater zuordnen konnte. Seine Stimme klang brüchiger, als ich sie mir vorgestellt hatte.

Ich rufe an, sagte die Stimme, vielleicht wegen dem Blick aus meinem Fenster. Ich schaue auf die Mauer, was ja nichts Besonderes wäre, aber ich schaue von der anderen Seite auf die Mauer. Das ist doch absurd, dass ich ausgerechnet jetzt von der anderen Seite auf die Mauer schaue. Geht keiner ran bei euch. Von der anderen Seite sieht sie ganz anders aus. Wie eine richtige Mauer sieht sie aus. In letzter Zeit kommen Wörter abhanden, habt ihr das auch gemerkt? Dafür sitzen Vögel vor dem Fenster.

Er schwieg einen Moment.

Das Kind kann mich ja mal zurückrufen, sagte er.

Der Anrufbeantworter bot mir das Löschen der Nachricht, das Speichern der Nachricht oder eine Verbindung mit dem Anrufer an, wozu ich die 1, die 2 oder die 3 zu drücken hatte. Hätte es eine 4 gegeben, unter der Erklärungen zur Nachricht geliefert worden wären, hätte ich die 4 gedrückt. Aber das Gerät bot mir keine vierte Möglichkeit an, also drückte ich gar nichts und es entschied, die Nachricht zu speichern.

Ich starrte auf das Telefon. Kurz bezweifelte ich, dass die Stimme wirklich zu Jens gehörte. Denn es kam mir äußerst unwahrscheinlich vor, dass er neunzehn Jahre lang nicht anrief, es vorgestern um sechzehn Uhr dreiundzwanzig aber doch getan hatte, um dann wirres Zeug von Mauern und Vögeln zu erzählen. Doch offensichtlich machte sich Jens wenig aus Wahrscheinlichkeiten. Und noch offensichtlicher hatte meine Mutter recht, wenn sie ihn einen Spinner nannte.

Dein Vater ist im Westen, hatte sie gesagt, wenn ich als Kind fragte, ob ich eigentlich auch einen Vater hatte, so wie andere Kinder. Im Westen, das klang unendlich weit weg, und meine Indianerbücher, die allesamt im Wilden Westen spielten, bestätigten diesen Verdacht, denn dort gab es Kakteen. Ich war sehr enttäuscht, als ich irgendwann begriff, dass es sich bei dem Westen, in dem mein Vater war, um einen anderen Westen handelte, in dem es keine Kakteen gab und der nicht mal auf einem anderen Kontinent lag. Und ich war ein zweites Mal enttäuscht, als ich lernte, dass dieser kakteenlose Westen schon lange problemlos zu erreichen war. Meine Mutter hatte mir erzählt, dass mein Vater am 4. Oktober 1989 gegangen war, um drüben ein berühmter Rockmusiker zu werden. Wieso er nach dem Mauerfall nicht mal vorbeigekommen sei, hatte ich sie später gefragt, schließlich war die Grenze bereits fünf Wochen nach seiner Flucht offen gewesen. So eine Entscheidung sei nicht rückgängig zu machen, hatte meine Mutter gesagt, und es hatte mir eingeleuchtet.

Ich riss meinen Blick vom Telefon los und sah auf die Postkarten, die darüber an der Wand hingen. Ich suchte nach der mit dem Kamel in der Wüstenlandschaft drauf, die dort zwischen vielen anderen hing. Jens hatte sie meiner Mutter ein halbes Jahr nach seinem Verschwinden geschickt, laut Poststempel am 3. oder 8. April 1990, das war schwer zu erkennen. Ich wusste auswendig, was auf der Rückseite stand, trotzdem pulte ich die Reißzwecke heraus und nahm die Postkarte von der Wand. An der Stelle, wo sie gehangen hatte, war die Raufasertapete etwas heller. Ich las die krakeligen Zeilen: *Liebe Astrid,* stand da, *in Berlin gibt es mehr streunende Hunde als Menschen, das solltest du dir mal anschauen. Grüße, Jens.* Er hatte weder eine Adresse noch eine Telefonnummer dazugeschrieben, so wie er jetzt auch keine Rückrufnummer auf dem Band hinterlassen hatte. Ich hielt die Karte gegen das Licht, als könnten so weitere Zeilen sichtbar werden, die ich bislang übersehen hatte. Ich überlegte, ob es nicht überfällig war, die Karte als das zu behandeln, was sie war, nämlich eine große Frechheit, die man zerreißen oder wegwerfen, aber nicht in den Flur hängen sollte. Doch dann fand ich, dass ihr das nicht zustand. Solange sie hier an der Wand hing, war sie eine Postkarte wie jede andere, und so sollte es bleiben. Außerdem mochte ich das Kamel, so wie ich alle Tiere mochte, die meine Mutter nicht aus der Uckermark sammeln konnte; als Jugendliche hatte ich eine Zeit lang ein Faible für Fische gehabt. Ich befestigte die Postkarte wieder mit der Reißzwecke und rückte sie so zurecht, dass das helle Viereck auf der Tapete nicht mehr zu sehen war.

Ich ging zurück ins Bad und setzte mich wieder auf den Klodeckel. Meine Mutter saß noch immer in der Wanne, das Wasser war schon fast abgelaufen.

Und?, fragte sie.

Was und, sagte ich.

Wirst du zurückrufen?

Ich hörte das letzte bisschen Wasser im Abfluss gurgeln, dann war es still. Am Körper meiner Mutter klebten Schaumreste und ich konnte zusehen, wie sich die Härchen an ihren Beinen aufstellten. Ich war immer ohne Vater zurechtgekommen und mir fiel nicht ein, wieso ich plötzlich einen brauchen sollte.

Ich bin auch ohne Vater ganz passabel geworden, sagte ich.

Meine Mutter lachte und die Schaumbläschen über der Narbe zerplatzten. Dann drehte sie das Wasser auf und spülte den Schaum von ihrem Körper.

Ich bin die einzige Narbe am Körper meiner Mutter, dachte ich und wünschte mir, ich hätte meinem Vater als

Kind auch eine zugefügt. Ich wusste, dass ich als Zweijährige Masern gehabt hatte, und stellte mir vor, wie er sich beeilt hätte, zur Apotheke zu kommen, wie er gestürzt und mit dem Knie so auf den Bordstein geschlagen wäre, dass die Jeans gerissen wäre und sein Knie mit mindestens fünf Stichen hätte genäht werden müssen. Die Luft im Bad war jetzt heiß und feucht. Meine Mutter lächelte mich an, als sie aus der Wanne stieg; die Narbe verschwand unter ihrem Bademantel.

Ich stand auf, ging wieder in den Flur zum Telefon und sah mir das Anrufprotokoll an. Ich klickte mich durch einige Namen und Nummern, darunter eine mit Berliner Vorwahl, die sicher meine neue Festnetznummer war, die ich noch immer nicht auswendig kannte. Meine Mutter hatte sie nicht eingespeichert, als wäre es nur eine vorübergehende Angelegenheit, dass ich in Berlin wohnte. Ich kam bei der Handynummer an, die vorgestern um sechzehn Uhr dreiundzwanzig angerufen hatte, nahm mein Handy hervor und tippte sie ein. Ich drückte auf *Nummer speichern,* schrieb *Papa,* löschte es wieder. Dann schrieb ich *Vater,* schaute die fünf Buchstaben eine Weile an, sprach das Wort ein paar Mal laut aus, bis es seinen Sinn verlor, und löschte es wieder. Dann schrieb ich *Jens* und drückte auf *Ok.*

Das Kreisgericht Rostock, den 3.10.1989

Haftbefehl

Der Schmiedemeister und Musiker BORG, Jens, geb. am 5.3.1954 in Rostock, wohnh. in Kavelstorf, ist in Untersuchungshaft zu nehmen.

Er wird beschuldigt, als Sänger, Schlagzeuger und Kopf der Musikgruppe "Die geringelten Strümpfe" die politischen Grundlagen der DDR durch staatsfeindliche Hetze angegriffen zu haben. Der Beschuldigte singt bei Auftritten keine Liedtexte, sondern reiht nur bedeutungslose Silben aneinander, womit er öffentlich seine Auffassung zum Ausdruck bringt, in der DDR bestehe keine Meinungsfreiheit. Er will auf diese Weise anderen Menschen die eigene Position darbringen und sie "zum Nachdenken anregen".

Verbrechen gemäß § 106 StGB.
Er ist dieser Straftat dringend verdächtig, und da Wiederholungsgefahr besteht, ist der Haftbefehl gesetzlich begründet.

gez. Selene
Kreisgerichtsdirektor

2

Fingerabdrücke auf dem Haltewunschknopf

Ich musterte die Straßenbahn, die ich gleich durch die Stadt steuern würde. Es war eine GT6N, ein Zweirichtungsfahrzeug, das auf der Linie M10 alternativlos war, denn am Nordbahnhof gab es keine Wendeschleife. Mit ihrer gelben Verkleidung und den verdunkelten Scheiben erinnerte mich die Bahn an die Tigerente, dank der ich als Kind begriffen hatte, dass ein Rad eine großartige Erfindung war.

Meine erste Straßenbahnfahrt musste ich zu Grundschulzeiten erlebt haben. In der Uckermark gab es weit und breit keine Straßenbahn, die nächste fuhr hinter der polnischen Grenze in Stettin. Dort durfte ich mir immer den Seehafen anschauen, wenn meine Mutter Zigaretten für meine Großeltern kaufte. Bei einem unserer Zwischenstopps wurde gerade eine stillgelegte Straßenbahnlinie wiedereröffnet. Die Bahn war mit Girlanden geschmückt und man konnte umsonst mitfahren; ich bekam einen Luftballon in die Hand gedrückt und dachte, Straßenbahnfahren sei so etwas wie Geburtstag haben.

Heute fühlte ich mich hingegen wenig nach Geburtstag; ich war nervös, wie immer kurz bevor es losging.

Zwar fuhr ich nun schon seit mehreren Wochen regelmäßig, die Strecke aber war jedes Mal eine andere.

Mit klammen Fingern tastete ich in der Innentasche meiner Uniform nach dem Feuerzeug, doch da war nur das Handy, und ich musste kurz an die neue Nummer denken, die seit über einer Woche ungewählt darin war. Es war ein ferner Gedanke irgendwo weit hinten im Kopf, ich dachte an die Nummer, wie man daran denkt, mit dem Rauchen aufzuhören: vielleicht irgendwann einmal.

Im Grunde war Jens das schon immer gewesen: ein ferner Gedanke irgendwo weit hinten im Kopf. Andere Kinder hatten imaginäre Freunde oder imaginäre Superhelden; ich hatte einen imaginären Vater. Wann immer mir in der Schule jemand dumm kam, stellte ich mir vor, dass ich ihn jederzeit anrufen könne, er kommen und jemanden für mich verprügeln würde. Doch als meine Lieblingslatzhose, eine aus schwarzem Cord, zu eng wurde, verschwanden allmählich auch die Gedanken an den Vater.

Ich fand das Feuerzeug in der Hosentasche und zündete mir eine Zigarette an. Im Gleisbett lagen etliche Zigarettenstummel, deren Länge von der zunehmenden winterlichen Kälte zeugte. Je kürzer und kälter die Tage wurden, umso länger wurden die Stummel an den Haltestellen; zig vermiedene Brandlöcher in Handschuhen. Auch ich zog nur ein paar Mal, schnippte meine Zigarette zu den anderen ins Gleisbett und zog mir die Handschuhe erst im Führerhäuschen aus.

Auf dem Beifahrersitz saß mein Fahrlehrer Reiner, sein Kinn hing auf der Brust, er schnarchte leise. Drei Mal täglich pflegte er einen fünfminütigen Schlaf zu halten, Endhaltestellenschlaf nannte er das. Reiner hatte die Bahn eine Runde gefahren und mir dabei die Besonderheiten der Strecke erklärt, jetzt war ich an der Reihe. Ich stellte den Sitz ein und machte dabei so viel Lärm wie möglich. Reiner wachte auf und wir führten den Dialog, mit dem wir jede meiner Fahrstunden begannen:

Dann wollen wir mal, sagte er.

Dann wollen wir mal, sagte ich und löste die Handbremse.

Auf der Linie 10 hatte die Bahn kein eigenes Gleisbett, man musste sehr auf den Autoverkehr achtgeben. Am Vorabend war ich die Strecke auf meinem Berlinplan mit dem Finger so lange abgefahren, bis ich alle Haltestellen und kreuzenden Straßen auswendig kannte. Zu Beginn ging es leicht bergauf, die Bernauer Straße hoch.

Wie alt warst du?, fragte Reiner und deutete mit dem Kinn aus dem Fenster. In Fahrtrichtung rechts standen Überreste der Grenzanlagen, die einst eine überdimensionale Schneise in die Stadtpläne von Berlin geschlagen hatten und nun als Gedenkstätte dienten.

Ich war zwei, sagte ich. Ich habe nie staunend vor einem Telefon gesessen, nie eine Sonnenblume für Angela Davis gemalt und nie mit Wessis auf Maueraussichtsplattformen geplaudert.

Reiner lachte.

Du hast zu viele Filme geschaut, sagte er.

Ich lachte auch, obwohl ich nicht sicher war, was Reiner so amüsierte. Vielleicht hatte ich eher zu wenig Filme geschaut, dachte ich, oder die falschen. An der Scheibe zog der graue Beton vorbei, der so verfallen war, dass die rostigen Streben im Innern zu sehen waren. Aus den Filmen wusste ich immerhin, dass die innerdeutsche Grenze nur in Berlin aus Betonplatten gebaut worden war und ansonsten aus Stacheldraht und Pfeilern. Wenn Jens auf eine Mauer schaute, die wie eine richtige Mauer aussah, dachte ich, dann musste er nach wie vor in Berlin leben.

So kommst du auch nicht schneller nach Hause, sagte Reiner, und erst jetzt merkte ich, dass ich an der letzten Haltestelle vorbeigefahren war. Ich bremste und kam kurz hinter der Kreuzung Brunnenstraße zum Stehen.

Hier brauchst du jetzt auch nicht mehr halten, sagte er.

Tut mir leid, sagte ich, tut mir wirklich leid.

In zwei Wochen fährst du Passagiere, sagte Reiner und jetzt klang er strenger, das muss besser klappen.

Ich fuhr wieder an, versuchte, mich auf die Schienen zu konzentrieren. Es waren diese Straßen und Kreuzungen, die Jens den uckermärkischen Landstraßen und Feldwegen vorgezogen hatte, und er war offenbar noch immer hier, in dieser Stadt. Ich schaute auf die Fassaden der Wohnhäuser, die sich kilometerlang an uns vorbeischoben. Häuser hatten schon immer eine beruhigende Wirkung auf mich gehabt. Die Gemäuer waren das Versprechen, sich darin verbergen zu dürfen, mit allen Geheimnissen, Geschichten und Unzulänglichkeiten. Ich mochte ihre Unbeweglichkeit, ihr zuverlässiges Dasein.

Ich hatte die erste Runde fast geschafft, als am Bersarinplatz ein Mann gegen die Scheibe hämmerte. Gedämpft war seine Stimme zu hören, er wollte einsteigen. Ich blickte zur Seite, in den rechten Außenspiegel, und dachte kurz, auf dem Bahnsteig stünde Jens.

Das ist eine Fahrschulbahn, brüllte Reiner.

Ich sah den Schatten zurückweichen, der Mann war viel zu alt, um mein Vater zu sein.

Vielleicht ist ja die zweite Grünphase lang genug zum Weiterfahren, sagte Reiner.

Ich sah die Ampel zurück auf Rot schalten.

Entschuldigung, sagte ich.

Der Sollwertgeber lag rutschig in meiner rechten Hand,

die Ampel schaltete um, ich fuhr los. Ich überlegte, woran ich Jens erkennen könnte, wenn er tatsächlich auf dem Bahnsteig stünde, wenn er den Gehweg entlangspazierte oder vor mir über den Zebrastreifen liefe. Auf dem Schwarz-Weiß-Foto, das meine Mutter mir manchmal gezeigt hatte, lag er mit geschlossenen Augen im Gras. Er hatte die Hände hinter dem halbglatzigen Kopf verschränkt, sodass man sein dichtes Achselhaar sehen konnte. Mein Babymund sabberte auf seinen Bauch, hinter uns stand eine Zinkwanne. Es war das einzige Foto von mir und meinem Vater, das meine Mutter besaß. Ich fragte mich, ob ich ihn mit geöffneten Augen und im Stehen überhaupt erkennen würde. Ich versuchte, ihn um neunzehn Jahre altern zu lassen, sein Kinn zu verdoppeln und Falten um Augen und Mundwinkel zu zeichnen. Doch es blieb das Bild mit der Zinkwanne im Hintergrund, nur dass Jens' Gesicht nun mit einigen dilettantischen Strichen versehen war, als hätte jemand unter Zeitdruck ein Wahlplakat verunstaltet.

Ich drängte die Gedanken weg, ich wollte Jens keinen Platz machen in dem Führerhäuschen, in dem es mit Reiner schon eng genug war. Ich schaute wieder auf die vorbeiziehenden Fassaden, aber jetzt hatten sie nichts Beruhigendes mehr an sich. Auf einmal schien es mir, als könnte hinter jedem Fenster, hinter jeder Tür Jens wohnen. Jede Klinke könnte diejenige sein, die er täglich mit festem Griff umfasste, wenn er das Haus betrat oder verließ.

Nach der Wende hat meine Mutter den Katzen die Schnurrhaare abgeschnitten, sagte ich, nur um etwas zu sagen.

Reiner sah mich verständnislos an.

Damit sie nicht nach Hause finden, sagte ich. Es war ihr letzter Tag als Leiterin des Tierheims, danach wurde es geschlossen, da war sie achtundzwanzig. Sie hat die vierzehn Katzen zusammen mit drei Hunden und einunddreißig Kaninchen auf einen Hänger gepackt und dann ein Tier nach dem anderen in der Uckermark ausgesetzt. Meine Mutter sagt, sie hat lange von den vierzehn Katzen, drei Hunden und einunddreißig Kaninchen geträumt. Jetzt hat sie eine halbe Stelle als Tierpflegerin in einem Streichelzoo.

Reiner rieb sich einige Male über das Kinn.

Kennste den schon, sagte er schließlich, also, der beste Direktor im größten Kaufhaus der DDR soll Sigmund Jähn gewesen sein, wieso?

Reiner legte eine spannungsvolle Pause ein, ich zuckte pflichtbewusst mit den Schultern.

Weil er sich als Kosmonaut am besten in leeren Räumen auskennt!

Reiner lachte laut über seinen Witz. Ich lachte nicht mit und Reiner hörte schnell wieder auf.

Was die Wende angeht, hatten die Straßenbahner ja Glück, sagte er.

Weil die BVG der einzige Betrieb in ganz Berlin war, wo die Wessis von den Ossis lernen mussten, erwiderte ich. Reiner hatte es mir in einer der ersten Fahrstunden schon erzählt.

Genau, sagte er zufrieden. Weil die Straßenbahn in Westberlin '67 abgeschafft wurde. Was arbeitet eigentlich dein Vater?

Bevor er verschwunden ist, war er Schmied, sagte ich. Aber in neunzehn Jahren hat schon so mancher den Beruf gewechselt.

Reiner nickte.

So mancher, sagte er und sah einen Moment lang aus dem Fenster.

Der Anfang vom Ende beginnt in sechs Monaten, sagte er dann, am 15. Juni 2008. Der Tag wird in die Geschichtsbücher eingehen.

Nun war es an mir, ihn verständnislos anzuschauen.

Da wird in Nürnberg die erste vollautomatische U-Bahn in Betrieb genommen, sagte er. Die kommt ganz ohne Fahrer aus. Wahrscheinlich werden wir irgendwann gar nicht mehr gebraucht.

Reiner sah nachdenklich auf seine Knie, an denen die Uniformhose spannte. Ich hätte gerne etwas Beschwichtigendes gesagt.

Aber zurück zu deiner Familie, sagte Reiner, deine Mutter hat doch sicher einen Freund?

Wenn sie einen Freund hat, sagte ich, dann hält sie ihn sehr gekonnt vor mir versteckt.

Reiner lachte.

Und was machst du so in deiner Freizeit, fragte er, hast du Hobbys?

Seine Fragerei begann mir auf die Nerven zu gehen, vielleicht aber auch nur, weil mir darauf spontan keine Antwort einfiel. Gleichzeitig freute ich mich darüber, dass Reiner nicht nur angespannt meine Handgriffe beobachtete, sondern in Plauderlaune kam.

Ich sammle Karten, sagte ich.

Spielkarten?

Landkarten.

Das war nur eine halbrichtige Antwort, denn zwar pflegte ich schon lange eine besondere Vorliebe für Karten, in letzter Zeit hatte ich sie aber vernachlässigt und es war meiner Sammlung nur eine einzige hinzugekommen. Der Karton mit den Karten stand noch immer unausgepackt im Flur meiner Wohnung. Ein richtiges Hobby konnte man das jedenfalls nicht nennen, und mir fiel auf, dass mein Berliner Leben, abgesehen von der Ausbildung und einer kleinen Schwärmerei für einen Kollegen, noch recht leer war. Von meinen Schulfreunden hatte es niemanden hierher verschlagen. Sie hatten sich für Praktikum, Zivildienst oder Studium auf der ganzen Welt verteilt. Sarah war die Einzige, zu der ich noch regelmäßig Kontakt hatte. Sie hatte meine Entscheidung nicht verstanden. Willst du nichts studieren?, hatte sie gefragt. Ich hatte aber keine Lust gehabt, den harten Holzstuhl im Klassenzimmer nur gegen einen ebenso harten im Hörsaal einzutauschen. Ich wollte etwas Praktisches tun und dabei unterwegs sein, und zwar in einer Großstadt. Dann werd doch Busfahrer oder Müllmann, spottete meine Mutter. Dass sie mich nicht ernst nahm, machte mich so wütend, dass ich mich kurzerhand von München bis Hamburg bei allen städtischen Verkehrsbetrieben bewarb. Doch je länger ich auf Antworten wartete und je länger meine Mutter und Sarah versuchten, mir das wieder auszureden, umso besser gefiel mir die Vorstellung, in einem Führerhäuschen zu sitzen und Menschen zu bewegen wie ein Marionettenspieler seine Puppen. Also war ich zunächst in der Uckermark geblieben, um zu kellnern und den Führerschein zu machen. Als dann die Zusage der BVG kam, hatte ich mich sehr auf Berlin gefreut. Aber während Sarah jetzt in Istanbul studierte, auf Türkisch träumte und sich im dortigen Nachtleben herumtrieb, saß ich neben einem älteren Mann in der Bahn und dachte über meinen Erzeuger nach. Ich schob die aufkommende Traurigkeit beiseite und konzentrierte mich auf die Schienen. Reiner musterte mich von der Seite.

Du bist nervös heute, sagte er.

Es ist nur wegen übernächster Woche, sagte ich.

Das stimmte auch, denn mir stand bald die erste

Schicht bevor, bei der ich nicht nur eine doppelt traktierte Tatra-Bahn steuern, sondern auch Fahrgäste mit ihr transportieren musste. Reiner würde danach noch einige Wochen neben mir sitzen, dann würde ich allein auf Strecke gehen. Ich wusste nicht, was mich mehr beunruhigte: ab übernächster Woche für Menschenleben verantwortlich zu sein, oder die Möglichkeit, dass Jens als einer meiner Fahrgäste Fingerabdrücke auf dem Haltewunschknopf hinterlassen könnte. Mit jeder Haltestelle, mit jeder Runde und mit jeder Schicht würde die Wahrscheinlichkeit steigen, dass der Kaugummi an meinem Schuh vorher in seinem Mund gewesen war. Mir schwirrten Zahlen aus dem Theorieunterricht durch den Kopf: 3,5 Millionen Einwohner, 22 Linien mit 377 Haltestellen auf 189,4 Kilometer Streckennetz, 250 000 Abonnenten, 170 Millionen Fahrgäste im Jahr, bei Doppeltraktion und maximaler Auslastung 300 Fahrgäste pro Bahn, davon 150 Männer: Ich schätzte, dass die Wahrscheinlichkeit, Jens unter meinen Fahrgästen zu haben, am Ende der sechs Wochen Schichtdienst mit Reiner bereits bei über 50 Prozent liegen würde.

Du machst das schon, sagte Reiner, da mach ich mir bei dir gar keine Sorgen, du machst das schon.

Er verschränkte die Arme vor der Brust und lehnte sich im Sitz zurück.

3

Inventur meines Vaterwissens

Zu Hause breitete ich meinen Berlinplan auf dem Fußboden aus, um mir den Linienverlauf der 50 anzuschauen, die ich am nächsten Tag fahren würde. Die Stadt kam mir auf einmal sehr klein vor, wie sie da vor mir auf dem Boden lag. Die Zentrumslosigkeit ließ ahnen, dass sie aus mehreren Dörfern gewachsen war, was ein zusammengewürfeltes Stadtbild ergab, wie es für viele europäische Städte typisch war. Es gab sowohl rechtwinklige als auch konzentrische Strukturen, und es gab Knotenpunkte und Tangenten, an denen mein Vater und ich irgendwann aufeinandertreffen würden.

Ich stand auf und lief einige ziellose Schritte, durch den Flur und in die Küche, holte mir ein Glas Wasser und ging zurück. Mitten im Raum stand der Korb voll gewaschener Uniformstücke, die aufzuhängen ich am Morgen vergessen hatte. Ich dachte an meine Kollegen, die sich bei der Ausgabe der Dienstkleidung sofort die dunkelblauen Pullover übergestreift und stolz über die gelben BVG-Streifen auf den Ärmeln gestrichen hatten. Mir war wie immer leicht übel geworden von dem Geruch, wie nur fabrikneue Kleidung ihn hat; ich hatte erst einmal alles mit viel Weichspüler gewaschen. Ich holte den Wäscheständer und begann, die Uniformen aufzuhängen.

Das Thermometer vor dem Fenster zeigte ein Grad plus, in der Nacht würde es den ersten Frost geben. Wochenlang war ich gespannt darauf gewesen, jetzt ließ mich die Quecksilberausdehnung in dem Glasröhrchen kalt. Weichenheizungen und Bremswegveränderungen waren gerade meine geringste Sorge. Immer wieder stellte ich mir vor, wie eine Verabredung mit Jens ablaufen könnte. Erst sah ich mich in einem Café stundenlang Zuckertütchen zerpflücken, weil er nicht mal anrief, um zu sagen, dass ihm etwas dazwischengekommen war. Dann stellte ich mir vor, wie er mir seinen Kaffeekeks anbot und das Licht an meinem Fahrrad reparierte. Obwohl er es war, der angerufen hatte, schien mir die Zuckertütchen-Version wahrscheinlicher. Und einem Vater mit diesen Wahrscheinlichkeitsfaktoren wollte ich, dabei blieb es, lieber gar nicht erst begegnen.

Ich setzte mich wieder vor den Berlinplan und schaffte es, mir vier Haltestellen einzuprägen. Wenn ich meiner Mutter in Berlin aus dem Weg gehen wollte, würde ich alle eingezeichneten Zoos und Tierparks meiden. Wenn ich mir selbst nicht begegnen wollte, würde ich einen Bogen um Straßenbahnhaltestellen machen. Ich überlegte, was zu tun wäre, um Jens nicht zu finden. Im Grunde war es ganz einfach: Ich müsste nur seine täglichen Wege und Strecken ausfindig machen, dann könnte ich in meinen Stadtplan Sperrzonen einzeichnen, die ich nicht betreten würde. Mithilfe der Karte würde ich mir ein Berlin einrichten, in dem Jens nicht vorkam. Das war zwar keine hundertprozentige Garantie, reduzierte aber die Wahrscheinlichkeit. Ich machte Inventur meines Vaterwissens. Ich kannte seinen Namen, seinen Beruf und seinen Geburtstag. Am gleichen Tag wie Rosa Luxemburg, hatte meine Mutter mal gesagt und mich prüfend dabei angeschaut, ich hatte mit den Schultern gezuckt. Am 5. März, hatte sie gesagt, lernt ihr so was nicht mehr in der Schule?

Aber das half mir wenig dabei, jene Planquadrate auf der Karte zu bestimmen, die ich zur Sperrzone erklären wollte. Alles, was mir helfen konnte, war die Mauer, auf die er angeblich schaute.

Ich holte den Karton mit meiner Kartensammlung aus dem Flur und breitete den Inhalt auf dem Fußboden aus. Ich besaß zwei terrestrische Globen, ein Relief des Erzgebirges und 127 Karten, davon 93 Kleinraumkarten, auf denen die Erdkrümmung vernachlässigt wurde. Ich nahm die neue, noch eingeschweißte Karte hervor, entfernte die Folie und breitete die Papierrolle neben dem Berlinplan aus. Es war ein Druck der Ebstorfer Weltkarte, den mir meine Mutter zum Einzug geschenkt hatte. Für deine Sammlung, hatte sie gesagt.

Die Ebstorfer Weltkarte war die größte *mappa mundi* aus dem Mittelalter. Als sie 1830 gefunden wurde, waren zwei Stellen durch Mäusefraß zerstört, darunter das ganze Gebiet des heutigen Brandenburgs, auch die Uckermark. Diese Karte war immer eine meiner liebsten gewesen. Sie war von Mönchen gezeichnet worden, die sich dabei nicht um die korrekte Abbildung der Welt bemüht hatten. Das Paradies, die Arche Noah und der Turm zu Babel waren darauf zu finden, und Rom war so groß wie Sizilien. An den Welträndern hatten die Mönche Fabelwesen eingezeichnet, um unbekannte Regionen mit Bildern zu füllen. Auf späteren Karten wurde *Terra incognita* an solche Stellen geschrieben. Ich suchte eine Weile nach Reißzwecken, fand sie in einer Schachtel unterm Bett und befestigte die Karte an der Wand über meinem Schreibtisch.

Dann stellte ich die zwei Globen in das oberste Regalfach und begann, die übrigen 126 über den Fußboden verteilten Karten zu ordnen. Ich sortierte sie nach Maßstabsgröße sowie nach Regionen von Norden nach Süden. Die Kleinraumkarten sah ich einzeln durch. Darunter waren Stadtpläne von Peking und Buenos Aires, von Kapstadt und Miami. In keiner dieser Städte war ich je gewesen. Als meine Großeltern noch lebten, hatte ich die Sommerferien fast immer bei ihnen am Oberuckersee verbracht. Die meisten der Karten hatte mir Sarah nach den Ferien überreicht. Jetzt lagen 93 Kleinraumkarten aus aller Welt vor mir, aber ausgerechnet einen alten Berlinplan, auf dem ich mir den Mauerverlauf hätte ansehen können, besaß ich nicht. Ich räumte die Sammlung zu den Globen ins Regal.

Mein Internetanschluss funktionierte noch immer nicht, also nahm ich das Lexikon hervor und schlug *Berliner Mauer* nach. Dort stand, dass die Grenzanlagen zwischen dreißig und fünfhundert Metern breit und mit Wachtürmen, Selbstschussanlagen, Sperrgittern und Minen ausgerüstet gewesen seien. Mit Wessis auf Maueraussichtsplattformen zu plaudern, wie es im Film gezeigt wurde, war wohl gar nicht möglich gewesen. Nun wusste ich auch, was Reiner so amüsiert hatte. Ich schlug das Lexikon wieder zu und suchte auf dem Stadtplan nach Hinweisen auf den ehemaligen Grenzverlauf. Am östlichen Ende der Bernauer Straße, wo auch das Reststück Mauer stand, an dem ich mit Reiner vorbeigefahren war, erkannte ich das Brachland, das früher Mauerstreifen gewesen sein musste. Dazu waren zwei weitere erhaltene Stücke Grenzbefestigung als Sehenswürdigkeiten markiert und in der Legende benannt, in der Niederkirchner Straße und an der East Side Gallery. Mehr konnte ich dem Plan nicht entnehmen. Abbrechende Straßen waren längst wieder verbunden, Brachland neu bebaut, Wachtürme abgerissen. Diese dreißig bis fünfhundert Meter breite Fläche von über hundertsechzig Kilometern Länge war erfolgreich ausradiert worden. Ich nahm einen Stift und machte einen Kringel um jede der drei Signaturen. An zweien fuhr ich täglich mit meinen Linien vorbei.

Ich stand auf und ging zum Fenster, das Thermometer zeigte null Grad. Die Häuser gegenüber standen genauso still und unbeweglich da wie immer, dicht aneinandergereiht, als würden sie sich gegenseitig stützen. Doch auf einmal bezweifelte ich, dass sie stabil und nach allen Regeln der Statik gebaut worden waren. Dort, auf der anderen Straßenseite, standen vielleicht reihenweise Einsturzgefährdungen, leicht erschütterbar, durch einen etwas stärkeren Sturm oder ein schwaches Erdbeben. Und je länger ich hinsah, umso mehr schien es mir, als würden sie sich leicht im Wind bewegen.

Ich musste an Reiners Blick auf seine Knie denken, als er von der vollautomatisierten U-Bahn in Nürnberg gesprochen hatte. Ich stellte mir vor, wie der Bürgermeister feierlich die erste fahrerlose Bahn einweihte, wie ein rotes Band durchgeschnitten wurde und Sektkorken knallten. Ich sah mich meinen Spind auf dem Betriebshof ausräumen und den Geburtstagskalender im Personalraum abhängen. Ich hörte den Sachbearbeiter fragen, was ich denn sonst noch könne. Der Sachbearbeiter sah Jens auffällig ähnlich, beziehungsweise dem Jens, den ich vom Foto kannte. Ich hörte mich schweigen und ihn seufzen, dann schob mir Jens einen Vertrag für eine halbe Stelle als Gehegeausmisterin über den Tisch, den ich unterschrieb.

Entschieden riss ich den Blick vom Fenster los und sah mir die Fabelwesen auf der Ebstorfer Weltkarte an. Besonders gut gefiel mir ein geflügelter Tiger, der sich vor einem Angreifer aufbäumte. Ich schaute ihn lange an, als könnte er mir sagen, weshalb ich plötzlich so unruhig war. Jens hatte sich vor neunzehn Jahren dagegen entschieden, eine Tochter zu haben, also hatte diese Tochter jetzt auch keinen Vater, sondern nur einen Erzeuger. Doch er besetzte meine Gedanken so selbstverständlich, wie der Tiger Flügel hatte, und es ärgerte mich, dass einer, der so lange weg gewesen war, mit einem einzigen Anruf so viel durcheinanderbringen konnte. Ich sah angestrengt auf die Ebstorfer Weltkarte, als würde dort, irgendwo ganz klein gedruckt, stehen, ob ich Jens zurückrufen sollte. Vielleicht hatte er ja eine bessere Geschichte zu erzählen als Reiner und meine Mutter, eine, die den Häusern ihre Stabilität zurückgab. Ich strich mit der Hand über das Kartenpapier. Wenn sich eine Begegnung schon nicht vermeiden ließ, dann wollte ich nicht an einem Zebrastreifen überrumpelt werden, sondern darauf vorbereitet sein.

Also gut, sagte ich schließlich zu dem geflügelten Tiger, ich treffe ihn und schaue ihn mir einmal kurz an. Und dann ist gut.

Ich nahm mein Handy hervor und suchte im Adressbuch nach *Jens*. Ich fuhr mit dem Daumen zögerlich über den grünen Knopf, aber ich drückte nicht darauf, denn ich bekam eine Nachricht von meiner Mutter: *Boda 330 Gramm. Wie geht's dir?* Ich legte das Telefon beiseite und drehte mir eine Zigarette, die ich anzünden konnte, falls ich nicht wissen würde, wohin mit der Hand, die nicht das Telefon hielt. Dabei legte ich mir Sätze zurecht. Schließlich drückte ich den grünen Knopf.

Hallo?, sagte eine Frauenstimme.

Ich wusste nicht, was ich sagen sollte; ich hatte nur Sätze für Jens vorbereitet.

Hallo, sagte die Frauenstimme noch mal, wer ist da?

Johanna hier, sagte ich, ich würde gern mit Jens sprechen.

Ich drückte den Zeigefinger auf mein linkes Ohr, obwohl es ganz still im Zimmer war. Ich hoffte, an einem Räuspern oder einem Wackler in ihrer Stimme zu erkennen, ob sie wusste, wer ich war. Ich meinte, ein Stuhlbein über den Boden schleifen zu hören.

Hallo Johanna, sagte die Frauenstimme, Antonia hier.

In ihrer Stimme lag eine Selbstverständlichkeit, die mich irritierte. Ich setzte mich neben den Berlinplan auf den Fußboden, dann fiel es mir ein. Meine Mutter hatte vor vielen Jahren einmal erzählt, dass Jens noch eine andere Tochter hatte, sie hieß Antonia und war etwas älter als ich. Ich hätte gerne etwas Nettes gesagt.

Ist Jens auch da?, fragte ich und hoffte, dass das kleine Wort *auch* ihr zu verstehen gab, dass ich wusste, wer sie war.

Er schläft gerade, sagte sie und zögerte einen Moment, bevor sie weitersprach.

Er liegt im Krankenhaus, sagte sie dann. Er hat Krebs. Im Endstadium.

Ich nahm den Finger vom Ohr. Ich klemmte das Telefon zwischen Schulter und Wange und nahm das Feuerzeug vom Nachttisch. Das klang nicht nach einer besseren Geschichte. Doch zumindest würde ich keine Zuckertütchen im Café zerpflücken müssen, weil er nicht auftauchte. Er würde allerdings auch nicht mein Fahrrad reparieren. Ich zündete mir die Zigarette an.

Er liegt im Lazarus-Krankenhaus, sagte Antonia.

Ich zog an der Zigarette, mir fiel noch immer nicht ein, was ich darauf antworten könnte.

Ja, sagte ich schließlich und blies Rauch aus.

Vielleicht sollte ich vorbeikommen, fügte ich zögernd hinzu.

Station H3, Zimmer 307, sagte Antonia. Morgen?

Ja, morgen, sagte ich.

Ich stand auf, stieß mit dem Fuß gegen das Glas, das Wasser schwappte über und rann die Dielen entlang zum Stadtplan, die Legende sog sich voll. Ich zog meine Wollsocken aus und wischte das Wasser damit auf. Die nassen Sockenlappen sahen aus wie die Rattenwelpen der hinkenden Bertha, die aus Versehen in meinem Kleiderschrank zur Welt gekommen waren, weil meine Mutter Bertha etwas Freilauf hatte gönnen wollen. Ich hängte sie über die Stuhllehne. Dann setzte ich mich wieder vor den Stadtplan. Ich merkte, wie ich wütend wurde, und ich dachte, dass ich wohl eher traurig sein sollte, schließlich lag der Mann im Sterben, der mein Erzeuger war. In unregelmäßigen Abständen hörte ich ein leises Klopfen auf dem Fußboden; von den Enden der Socken tropfte Wasser. Mit der Fingerkuppe suchte ich nach Krankenhaussignaturen auf dem Stadtplan und im Kopf nach einem Schuldigen. Nach jemandem, der verantwortlich dafür war, dass ich weitere Sätze vorbereiten musste, dass es Worte wie Endstadium gab und dafür, dass meine Socken nass waren. Ich wurde wütend auf meine Mutter, die sich so einen Mann als Vater für mich hatte aussuchen müssen, einen, der erst nichts als Ärger machte, dann in den Westen ging und jetzt auch noch Krebs hatte. Aber die untergewichtigen Igel päppelte sie in wochenlanger Arbeit auf, kaufte ihnen Hackfleisch, legte eine Kiste mit Zeitungspapier aus und redete ihnen gut zu, da war sie sorgfältig.

Schließlich fand ich das Lazarus-Krankenhaus, es war nur zwei Straßenbahnhaltestellen von meiner Wohnung in der Wolliner Straße entfernt und befand sich tatsächlich direkt gegenüber dem Reststück Mauer in der Bernauer Straße, an dem ich mit der Linie 10 vorbeigefahren war. Ich machte einen Kringel um die rote Signatur.

HA I Rostock, den 4.10.1989

Festnahmebericht

Heute gegen 17.30 Uhr wurde

BORG, Jens
Geb.: 5.3.1954 in Rostock
Beruf: Schmiedemeister
Familienstand: ledig
Kinder: 2
Wohnort: Kavelstorf bei Rostock

auf der Landstraße zwischen Kavelstorf und Laage, Höhe Göldenitzer Moor, festgenommen.

Der bereits in den Mittagsstunden bezogene Beobachtungsposten konnte um 17.26 Uhr feststellen, daß sich der beige Wartburg Pkw-KZ AH 13-75 dem geplanten Festnahmeort näherte. Wie jeden Mittwochnachmittag um diese Zeit war der J auf dem Weg nach Prebberede, wo sich der Keller für die Bandproben befindet. Unter dem Anschein einer normalen Fahrzeugkontrolle wurde der Wartburg an den Straßenrand gewunken. Der Aufforderung, sich auszuweisen, konnte der J nicht nachkommen, da er seinen Personalausweis nicht bei sich führte. Er bestätigte seine Identität mündlich. Anschließend erfolgte die Festnahme. Während der Überführung in die Untersuchungshaftanstalt "Hermann" in Rostock leistete er keinen Widerstand.

Der Wartburg wurde beschlagnahmt.

Im Kofferraum wurden sichergestellt:
1 Schlichthammer, rostig
2 Spaltkeile
4 Schlagzeugstöcke, davon 1 zerbrochen

Auf dem Rücksitz wurden sichergestellt:
1 Akustikgitarre
1 Kassette mit Bandsalat, unbeschriftet
1 Kindersitz, schmutzig

gez. Selene
Major

4

Ich bin ja nicht aus Zucker

Die Gesichter der Krankenhausbesucher wurden finsterer, je höher ich im Treppenhaus kam. Unten war die Geburtenstation, stellte ich mir vor, dann kamen die Beinbrüche und eitrigen Mandelentzündungen, die Blinddarmentfernungen und Verbrennungen zweiten Grades, und dann wurde es ernst. In den unteren Stockwerken wurde die Bettwäsche wahrscheinlich täglich gewechselt, oben mussten die Patienten länger bleiben. Nach meiner Etagentheorie war es ein gutes Zeichen, dass Jens im dritten von vier Stockwerken lag, zumindest in Anbetracht des Wortes Endstadium, das Antonia am Telefon benutzt hatte.

Auf der Milchglastür stand groß *H3* geschrieben. Ich zog sie auf, dahinter lag ein langer Flur. Ich ging an vielen Türen vorbei, einige standen offen. Ich vergewisserte mich, dass niemand außer mir auf dem Flur war, und lugte in eines der Zimmer. Die Wände waren gelb gestrichen und mit Fotos von Segelschiffen und Herbstwäldern bebildert. Ohne das Tablettenschächtelchen auf dem Nachttisch, das Tropfgestell und den Notfallknopf wäre der Raum kaum von einem Hotelzimmer zu unterscheiden gewesen. Ich schloss die Tür und ging weiter, bis ich vor der 307 stand. Mit dem Zeigefinger fuhr ich mir unter den Augen entlang, um sicherzugehen, dass sich keine Mascaraspuren in den kleinen Falten gesammelt hatten. Unter der Winterjacke war mein Nicki verschwitzt und klebte am Rücken. Ich überlegte kurz, ob ich angemessen gekleidet war, verbot mir die Frage und klopfte an die Tür.

Jens lag im Bett. Er hatte weniger Haare auf dem Kopf als auf dem Foto, dafür mehr Bartstoppeln im Gesicht. Sein Kopf wirkte groß auf dem dünnen Hals, die Wangenknochen standen deutlich hervor. Seine Arme lagen über der Decke, in seinen Handrücken führte ein Schlauch. Am Fußende saß eine junge Frau, die Antonia sein musste. Ihre Füße steckten unter seiner Decke. Beide sahen mich mit einem erwartungsvollen Lächeln an und ich fragte mich, ob Antonia ihm meinen Besuch angekündigt hatte.

Hallo, sagte ich.

Hallo, sagte Jens.

Er sprach meinen Namen nicht aus. Er sah mich aufmerksam an, als wäre es an mir, zu erklären, was ich hier wollte. Ich ging zum Bett und gab Antonia die Hand, sie fühlte sich ölig an, wie frisch eingecremt.

Ich bin Johanna, sagte ich.

Antonia nickte und schaute zu Jens, der sich aufsetzte und mir den Handrücken mit dem Schlauch hinhielt. Sein Händedruck war lasch.

Setz dich doch, sagte Antonia und deutete auf den einzigen Stuhl im Zimmer, der neben dem Fenster stand. Ich zog meine Jacke aus, stellte die Tasche ab und setzte mich.

Hast du gut hergefunden?, fragte sie, ich nickte. Ich wartete darauf, dass sie ihre Füße unter Jens' Decke hervorzog und in die Stiefel am Boden steckte, dass sie sagte: Ich lass euch dann mal allein. Doch sie blieb auf dem Bett sitzen.

Wie geht es dir?, fragte ich Jens.

Er sah mich an und ihm schien auch klar zu sein, wer ich war, aber er kniff die Augen immer wieder zusammen, als wäre die Distanz zwischen uns genau die, auf die er seine Augen nicht scharf stellen konnte.

Es geht schon, sagte er, ich bin ja nicht aus Zucker.

Den Satz hörte ich auch oft von meiner Mutter, sie benutzte ihn aber nur im Zusammenhang mit Regen. Von diesen Sätzen, die ich augenblicklich meiner Mutter und damit auch einem anderen Jahrhundert zuordnete, gab es eine Menge. *Ich habe gerade andere Baustellen* war derjenige, den ich am häufigsten zu hören bekam. Meine Mutter hatte immer irgendwelche Baustellen, die sie daran hinderten, etwas zu tun, das ich vorschlug; insbesondere wenn ich vorschlug, dass sie wieder als Tierärztin arbeiten solle.

Ich bin ja nicht aus Zucker, sonst sagte Jens nichts. Antonia schaute ihn an, dann mich, und ich überlegte, worüber wir reden könnten. Mich überkam ein Schreck, wie wenn man merkt, dass man seine Tasche irgendwo stehen gelassen hat. In der Tasche befanden sich all die Sätze, die ich mir in der Nacht überlegt hatte. Ich saß auf dem Stuhl in der Ecke und sah einen Vater mit seiner Tochter, sah eine Familie, zu der ich nicht gehörte.

Kann man hier irgendwo rauchen?, fragte ich.

Jetzt zog Antonia die Füße unter der Decke hervor und steckte sie in die Stiefel.

Antonia zeigte mir den Aufenthaltsraum der Station, von dem ein Balkon abging. Die Bank darauf war klein, wir saßen nah beieinander. Unter meinen Achseln war es klebrig, ich befürchtete, dass man den Schweiß riechen könnte, und klemmte die Arme fest an den Körper. Wir nahmen Blättchen und Filter aus unseren Tabakpackungen und drehten uns Zigaretten, synchron wie in einer Choreografie. Antonia war etwa einen halben Kopf größer als ich, ihr Gesicht runder als meins, und unter ihrem Wintermantel zeichnete sich ein größerer Busen ab. Ihre Haare kringelten sich aschblond auf die Schultern, während meine glatt und dunkelbraun unterhalb der Ohren aufhörten. Ich fand keine Gemeinsamkeiten, nur die Nase vielleicht, aber ich hatte meine eigene Nase noch nie so genau angeschaut, dass ich sie jetzt mit Antonias hätte vergleichen können.

Was ist seine Diagnose?, fragte ich.

Nierenkrebs, sagte sie und zündete sich die Zigarette an. Als er eingeliefert wurde, hatten sich die Metastasen schon im ganzen Körper ausgebreitet.

Antonia zog an der Zigarette, Asche fiel auf ihre Hose, sie merkte es nicht. Ich wollte die Asche wegwischen, traute mich aber nicht, ihr an den Oberschenkel zu fassen.

Wie lange hat er noch?, fragte ich.

Drei, höchstens vier Monate, sagte sie.

Immerhin, dachte ich, drei, vier Monate, das würde reichen, wofür auch immer.

Kommst du wieder?, fragte Antonia und sah mich an. Es war mehr eine Aufforderung als eine Frage. Ich nickte.

Eine Schwester wechselte Jens' Tropf, als wir zurückkamen. Sie nannte ihren Vornamen und gab mir die Hand.

Ist das auch Ihre Tochter?, fragte sie Jens und steckte eine neue Kanüle in seinen Handrücken. Er hatte die Augen geschlossen und ich war mir nicht sicher, ob er schlief oder die Frage ignorierte, jedenfalls antwortete er nicht. Die Schwester sah mich an, ich nickte.

Er hat ein starkes Schmerzmittel bekommen, sagte sie wie zur Entschuldigung.

Sie war kaum älter als ich, über ihre linke Schulter hing ein rot gefärbter Zopf, der von einer knallgelben Plasteblume zusammengehalten wurde. Es war mir unangenehm, dass sie mich siezte. Antonia setzte sich aufs Bett und nahm Jens' Hand, ich stand unschlüssig daneben.

Ich bin müde, sagte Jens leise.

Antonia küsste ihn auf die Stirn. Er öffnete die Augen und schaute zu mir, er bewegte die Lippen, was ich als Versuch eines Lächelns deutete. Ich wollte ihm winken, aber er zog die Hand ohne Kanüle unter der Decke hervor und streckte sie mir hin, ich nahm sie kurz in meine, sie war kühl und etwas feucht.

Als ich die Tür hinter mir zuzog, fielen mir all die Sätze und Fragen wieder ein, die in der Tasche waren, die ich unterwegs verloren hatte. Ich würde beim nächsten Mal nachfragen, wenn Antonia nicht dabei war.

5

Was auf Gegenseitigkeit beruht

Es waren kaum Gäste in der Hotelbar, nur ein paar vereinzelte Anzugträger, die auf ihre Telefone tippten. Karl saß auf einer der ledernen Sitzgruppen und sah sich um, als wollte er die Umgebung auf mögliche Gefahren und Fluchtwege hin untersuchen. Ich hatte viel Zeit vor meinem Kleiderschrank verbracht und mich nicht entscheiden können, weil mir nicht klar war, ob es sich um eine Verabredung unter Kollegen handelte oder eher um eine der romantischen Art. Schließlich hatte ich mich für das hellgraue Kleid und die hohen Schuhe entschieden. Karl trug Hemd und Jeans, sein Bart war frisch gestutzt, und ich war erleichtert, als ich seine Lederschuhe sah, denn die blauen Turnschuhe, so meine Theorie, hätten bedeutet, dass er sich nur mit seiner Kollegin treffen wollte.

Karl rieb sich die Handflächen an der Jeans ab und stand auf, als er mich sah. Zur Begrüßung legte er ungelenk einen Arm um mich, dann nahm er mir den Mantel ab und wies auf den Platz neben sich.

Wieso eigentlich eine Hotelbar?, fragte er.

Das wollte ich schon immer mal machen, sagte ich, und Karl nickte, als verstünde er, aber sein Stirnrunzeln ließ ahnen, dass er nicht sicher war, ob er richtig verstand. Vor ihm standen ein Glas Gin Tonic und ein Stück Marmorkuchen, ich bestellte Martini. Ich schaute auf seine Hände, während er den Kuchen in zwei Teile brach, sie waren glatt und glänzend und sahen irgendwie unecht aus, als wären es Prothesen. Karl hielt mir eins der Stücke hin, es sah staubtrocken aus, doch ich wollte nicht ablehnen. Einen Moment lang wurde die Hotelbar zu meinem alten Schulhof, auf dem Kuchenbasar war. Ich dachte daran, wie ich nach der letzten Stunde dort gesessen hatte, mit dem nur zur Hälfte verkauften Kuchen, den meine Mutter gebacken hatte. Und ich hatte mich nicht getraut, den Rest wieder mit nach Hause und meiner Mutter die Gewissheit zu bringen, dass sie nicht backen konnte. Also hatte ich den Kuchen zerbröselt und auf dem Heimweg an die Enten verfüttert.

Karl erzählte von einem unserer Kollegen, der in einer Straßenbahn geboren worden war. Dessen Mutter war drei Wochen vor dem errechneten Geburtstermin zu Besuch bei einer Tante. Als die Wehen einsetzten, stieg die Tante vor Aufregung mit ihr in die falsche Linie, sodass das Kind noch in der Straßenbahn zur Welt kam, am Platz der Vereinten Nationen. Während ich mein Kuchenstück gedankenverloren in immer kleinere Stücke bröselte, versuchten wir herauszufinden, in welchem Bahntyp die Mutter unseres Kollegen 1983 wohl von den Wehen überwältigt worden war.

Das war in jedem Fall ein Kurzgelenktriebwagen, sagte Karl.

KT4, tippte ich.

Aber einer der ersten Ausführung, sagte Karl, die fahren heute durch Potsdam oder Cottbus.

Die hatten auch noch keine Blockade bei sechzig km/h,

sagte ich. Hast du davon gehört, dass sie damals jemanden mit hundertzehn auf der Allee der Kosmonauten geblitzt haben?

Würde mich nicht wundern, wenn das Reiner war, sagte Karl und grinste.

Unser Fahrlehrer hielt seit vier Jahren den Rekord der meisten Abmahnungen wegen Geschwindigkeitsübertretungen. *Keiner rollt flotter als Reiner* stand auf seiner Kaffeetasse.

Im Theorielehrgang waren wir elf Auszubildende gewesen, die sich für die Übungsfahrten im Fahrsimulator in drei Dreiergruppen und eine Zweiergruppe hatten aufteilen müssen. Karl und ich waren übrig geblieben und ich hatte mir eingeredet, dass wir hatten übrig bleiben wollen. Bei einer der Fahrten im Simulator erwähnte ich, dass meine Mutter am Abend mit den restlichen Umzugskisten kommen würde. Karl bot sofort seine Hilfe an und überzeugte sogar Reiner davon, noch mitzukommen und anzupacken. Aber Karl verlieh für eine Geburtstagsparty auch anstandslos seine Musikanlage und brachte am Tag der theoretischen Prüfung Traubenzucker für alle mit. Dass der Wunsch, zusammen übrig zu bleiben, tatsächlich auf Gegenseitigkeit beruht hatte, das wusste ich erst, seit ich die Hotelbar betreten und seine Lederschuhe gesehen hatte. Um mich zu vergewissern, sah ich sie immer wieder verstohlen an.

Karl bestellte die zweite Runde und ließ sich tiefer in die Ledercouch sinken. Er streckte den Arm auf der Lehne aus, sodass seine Hand meine Schulter berühren würde, wenn ich mich anlehnte.

Wenn ich irgendwann in Rente gehe und viel Geld habe, sagte Karl, wandere ich nach Australien aus.

Wer weiß, ob wir noch Rente bekommen, sagte ich.

So pessimistisch bin ich nicht, sagte Karl. Aber du hast recht, dass man nicht warten sollte, bis man alt ist. Vielleicht gehe ich auch direkt nach der Ausbildung nach Australien, in drei, vier Monaten.

Was willst du denn in Australien?

Weiß nicht, aber ich glaube, man muss auch nicht so genau wissen, was man dort will, um nach Australien zu gehen.

Er überlegte kurz.

In Victor Harbor gibt es eine Pferdebahn, fügte er dann hinzu, die fährt auf Breitspur und wird von zwei Kaltblütern gezogen. Außerdem ist Australien der einzige Kontinent, auf dem ich noch nicht war.

Karl hatte zwei Ausbildungen in zwei verschiedenen Städten angefangen und abgebrochen, eine als Tischler und eine als Veranstaltungstechniker. Er hatte alle möglichen Jobs in allen möglichen Ländern gemacht, als Erntehelfer, Wanderführer, Postbote. Die besten Momente während der Theorieausbildung waren, wenn Karl in den Pausen Geschichten von jüdischen Hochzeiten oder kubanischen Tätowierstudios erzählte. Die mir unbekannten Städte meiner Kartensammlung hatte er vermutlich alle schon besucht; für ihn war das Bahnfahren nur eine Station von vielen zwischen Peking und Miami. Ich mochte sein nachdenkliches Gesicht, das jeden Tag neu zu überlegen schien, was man mit dem Leben noch alles anstellen könnte, und auf dem sich ein verschmitztes Grinsen zeigte, wenn ihm wieder etwas einfiel.

Die Bedienung stellte zwei neue Gläser vor uns auf den Tisch. Karl schlürfte sein erstes durch den Strohhalm leer, gab es der Bedienung in die Hand und griff zum nächsten.

Und du, sagte er, wo willst du mal hin?

Er wandte den Kopf zu mir und sah mich mit großen,

neugierigen Augen an, als wollte er jeden Quadratzentimeter meines Gesichts auswendig lernen. Ich nahm einen Schluck Martini. Ich dachte an Sarah, die immer große Reisepläne gehabt hatte. Ein paar europäische Städte hatten wir zusammen besucht, Amsterdam, Krakau, Madrid. Das Ziel hatte immer sie ausgesucht, und auch jetzt fiel mir nur ein, dass ich einmal nach Rostock wollte, um mir das Ernst-Thälmann-Denkmal anzusehen. Aber Rostock war keine gute Antwort auf Australien. Also schob ich mir die letzten Kuchenkrümel in den Mund, und statt zu antworten, zeigte ich auf einen Balkon, der mir am Haus gegenüber aufgefallen war. Hinter der halbdurchsichtigen Kunststoffverkleidung zeichneten sich Umrisse ab, die meines Erachtens zu einem alten Trabi gehörten.

Ein Trabant passt nicht auf einen Balkon, bemerkte Karl.

Vielleicht ist es ein halber Trabant, sagte ich.

Vielleicht, sagte Karl, vielleicht ist es aber auch etwas anderes.

Wenn es wie einer aussieht, sagte ich, liegt die Schlussfolgerung nahe, dass es auch einer ist.

Wenn ich jetzt dort klingle, sagte er, und frage, ob ein Trabi auf dem Balkon steht, würdest du die Antwort gar nicht wissen wollen, oder?

Ich lachte, da hatte er völlig recht.

Ich ließ mich in die Couch sinken und Karls Hand berührte meine Schulter, er zog sie nicht zurück. Wir sprachen über Missverständnisse in Fremdsprachen, übers Zelten ohne Heringe, über ausgelaufene Milch im Kofferraum. Wir glichen unsere Kinderbücher ab, und auch wenn Karl noch nie vom *Kleinen Angsthasen* oder dem *Hirsch Heinrich* gehört hatte, gab es genug Überschneidungen, um auch die dritte Getränkerunde damit zu verbringen, uns die besten Stellen in Erinnerung zu rufen. Die Anspannung hatte sich endgültig aus unseren Bewegungen und unseren Sätzen gelöst. Istanbul, fiel mir jetzt ein, Istanbul wäre eine bessere Antwort auf Australien gewesen, dort wollte ich einmal hin und Sarah besuchen. Doch ich kam nicht dazu, das zu sagen, denn Karl begann plötzlich, vom Tod seiner Eltern zu erzählen. Er sprach von dem Autounfall, dessen Hergang er aktengetreu wiedergeben konnte, und von den wenigen Familienfotos, die er so oft angeschaut hatte, dass er manchmal meinte, sich an die abgebildeten Momente erinnern zu können. Er sprach von echten Erinnerungen an seine bald gestorbene Lüneburger Großmutter und seine Hamburger Kinderheimkarriere. Und je mehr er erzählte, umso unruhiger rutschte ich auf der Couch hin und her. Ich bestellte eine vierte Runde Martini und Gin Tonic, ich nickte, ich hörte zu.

Vielleicht muss man, um sich zu Hause zu fühlen, einfach lange genug an einem Ort bleiben, sagte Karl. So lange, bis man weiß, wo im Supermarkt die Butter steht und wie der Kellner in der Stammkneipe mit Vornamen heißt.

Ich stellte mein Glas geräuschvoll auf dem Tisch ab. Ich wollte ihn gerade bitten, das Thema zu wechseln, aber da zog er mich schon zu sich und drückte seine Lippen auf meine; sie waren kühl und weich. Er schloss die Augen nicht dabei und blinzelte nicht, er sah mich unentwegt an, als könnte ich verschwinden, wenn er kurz nicht hinsah.

Karl ließ mich los, wandte sich der Bedienung zu und erkundigte sich nach einem freien Zimmer. Ich fragte mich, ob sich seine Hände so prothesenhaft anfühlen würden, wie sie aussahen. Karl hielt den Schlüssel hoch und sah mich auffordernd an; ich nickte.

In dem Hotelzimmer ging beim Einschalten des Lichts zugleich der Fernseher an und es erschien ein animiertes Aquarium, in dem die Fische zu monotoner Fahrstuhlmusik ihre programmierten Bahnen zogen. Der Fernseher blieb auch an, als wir das Licht ausschalteten. Wir fanden heraus, wie man den Ton abstellte, aber die Fische im Aquarium schwammen die ganze Nacht hindurch.

HA I Rostock, den 5.10.1989

Einschätzung der Zielperson zur Vorlage beim Vernehmer

Auffällig wurde J erstmals bei der NVA, wo er einen Singeclub gründete. Dieser besondere Einsatz wurde zunächst als vorbildlich eingestuft. Später wurde ihm aber mehrmals Ausgangssperre erteilt, da der Singeclub auch unaufgefordert sang. Schließlich, während eines Trainings des Uniformwechsels auf Zeit, das J und seine Kameraden abschätzig "Maskenball" nannten, stimmte der Singeclub unangebrachte Lieder wie "Skandal im Sperrbezirk" und "Scheiße in der Lampenschale" an und wurde daraufhin verboten.

J hat bereits während seiner Jugend Schlagzeug und Gitarre gespielt. Durch die Aktivitäten im Singeclub keimte seine Leidenschaft offenbar neu auf. Im Anschluß an den 18monatigen Grundwehrdienst gründete er 1976 die Musikgruppe "Die geringelten Strümpfe".

Diese bestand zunächst aus Js Jugendfreund Frank "Franky" Schlaucher (Gitarre) und J selbst (Schlagzeug und Gesang). Anfänglich versuchte J, Unterfeldwebel Jünglich als Bassisten zu gewinnen. Dieser hatte das Verbot des Singeclubs bedauert, "weil die sauber vierstimmig singen konnten", und war daraufhin strafversetzt worden. Jünglich lehnte die Mitgliedschaft in der Musikgruppe jedoch ab. Es dauerte noch etwa ein Jahr, bis die Gruppe mit Wolfgang "Wolle" (Nachname unbekannt) einen Bassisten fand, vollständig war und erste Auftritte hatte.

"Die geringelten Strümpfe" machen sogenannte Instrumentalmusik. Js Gesang besteht aus bedeutungslosen, willkürlich aneinandergereihten Silben. Es liegen entsprechend keine Liedtexte vor, die Auskunft über die Gesinnung der Gruppe geben könnten. Auch zur Bedeutung des Bandnamens ist nichts bekannt. "Die geringelten Strümpfe" werden aber von anderen feindlich-negativen Musikern geschätzt, da J mit seinem wortlosen Gesang seine Auffassung zum Ausdruck bringt, in der DDR bestehe keine Meinungsfreiheit.

Es muß davon ausgegangen werden, daß J wiederholt auftreten und seine Anschauungen in die Öffentlichkeit tragen wird. Als Kopf der "Geringelten Strümpfe" hat er außerdem viele Kontakte zum Musikermilieu. In der Untersuchungshaft ist herauszufinden, über welche Kontakte J verfügt und welche weiteren Aktivitäten in Planung sind. Sie dient des weiteren den Absichten unserer Abteilung, das feindlich-negative Milieu zu zersetzen. Dafür eignet sich der J besonders gut, da er ein geselliger Mensch ist und hinterher Informationen über seine Inhaftierung verbreiten wird.

gez. Selene
Oberleutnant

6

Kinderleben haben ihren Rhythmus, Mauern ihr Verfallsdatum

Da stehst du plötzlich, sagte Jens und schaute mich mit einem breiten Lächeln an, als ich ins Zimmer kam. Er saß aufrecht im Bett, das Kopfteil war hochgefahren, er hatte noch einen Rest Brei vom Mittagessen im Mundwinkel. Anders als bei meinem letzten Besuch vor ein paar Tagen ging ich diesmal ohne zu zögern zum Bett und nahm kurz seine Hand. Ich überlegte, ob ich ihm den Breirest wegwischen sollte, setzte mich dann aber auf den Stuhl in der Ecke, auf dem ich mich irgendwie sicher fühlte.

Vielleicht sollte ich Sport schauen, sagte Jens, ich habe schon lange keinen Sport mehr geschaut.

Offenbar suchte er nach einem Thema, über das wir reden könnten.

Ich mache gar keinen Sport, sagte ich, und als er darauf nichts erwiderte: Und du?

Sport muss man schauen, nicht machen, sagte er, Sport will geschaut werden.

Er lachte kurz auf und verschluckte sich dabei. Er hustete und röchelte so stark, dass ich überlegte, eine Schwester zu rufen. Doch dann griff Jens nach dem Wasserglas, das auf dem Nachttisch stand, trank ein paar Schlucke, und seine Atmung beruhigte sich.

Unvorhersehbarkeiten, sagte er und stellte das Glas wieder auf den Nachttisch, das Spannende im Leben ist das, was man nicht kommen sieht.

Was hat das mit Sport zu tun?, fragte ich.

Wenn ich einen Freund zum Geburtstag anrufe, sagte er, dann weiß ich, dass er sich freut. Wenn ich in einer Bar die Tische kaputt schlage, dann weiß ich, dass ich Hausverbot bekomme. Wenn ich mit einer Frau schlafe und mich nachher nie wieder melde, dann weiß ich, dass sie enttäuscht ist.

Er sah mich nicht an beim Reden. Seine Augen suchten die gelben Wände ab und ich hätte gern gewusst, wonach. Ich war mir nicht sicher, ob er wirklich mit mir sprach. Vielleicht hatte er schon so vor sich hin geredet, bevor ich gekommen war.

Wenn ich aber beispielsweise zum Bahnhof gehe, sagte er, und mir vornehme, den nächsten Zug auf Gleis neun zu nehmen und an der neunten Haltestelle auszusteigen, dann weiß ich nicht, wo ich landen werde.

Er legte eine bedeutungsvolle Pause ein, wie ein Schauspieler vor dem zentralen Satz des Stückes.

Unvorhersehbarkeiten, sagte Jens dann und hob den Zeigefinger, so viele wie möglich.

Er schlug die Decke zurück und schob sich das grünliche Krankenhaushemd von den Schultern. Ich war froh, dass es an der Kanüle mit dem Schlauch hängen blieb, sonst hätte er sich vielleicht ganz entblößt. Die Haare auf seiner Brust klebten vom Schweiß zusammen, und er hatte eine kleine Wampe, was mich bei dem dünnen Hals und den eingefallenen Wangen überraschte.

Ist mein Auftauchen auch so eine Unvorhersehbarkeit?, fragte ich.

Nein, sagte er, nach dem Anruf habe ich gewusst, dass du irgendwann kommen würdest.

Ich zuckte zusammen, ich hatte nicht damit gerechnet, dass er meine Frage verstehen und so direkt beantworten würde.

So ist das mit den Kindern, sagte er. Wenn sie volljährig werden, kann man sie anrufen und sie kommen vorbei. Dann sitzen sie einem gegenüber und sagen erst mal nicht viel.

Jens saß aufrecht in seinem Bett und sprach vergnügt vor sich hin. Ich hingegen wurde allmählich ärgerlich über diese Plauderei.

Wieso hast du dich vorher nie gemeldet?, fragte ich.

Auf meine Postkarte hat deine Mutter nicht reagiert, sagte er.

Es stand keine Telefonnummer drauf.

Sie hätte auch schreiben können.

Es stand auch keine Adresse drauf.

Jens legte den Kopf schräg, dann lachte er.

Das ist ja ein Ding, sagte er, da kann man mal sehen, was für ein Schussel ich bin.

Ich verschränkte die Arme vor der Brust. Ich saß ihm gegenüber und sagte nicht viel, da hatte er recht, und das ärgerte mich noch mehr. Ich überlegte, was ich stattdessen tun könnte, ob ich ihn vielleicht anschreien sollte. Leider hatte ich wenig Übung im Anschreien von Leuten; bislang hatte das meistens meine Mutter für mich übernommen. Erst hatte sie meine Schwimmlehrerin angeschrien, als die mich zwingen wollte, vom Dreimeterbrett zu springen. Dann den Zahnarzt, der versprochen hatte aufzuhören, sobald ich die Hand hob, und dann doch weiterbohrte, obwohl ich wie wild vor seinem Gesicht herumfuchtelte. Und sie hätte mit Sicherheit auch Jens angeschrien, wenn er es ihr mit einer Adresse oder einer Telefonnummer möglich gemacht hätte. Es beruhigte mich, mir ihr zorngefaltetes Gesicht vorzustellen.

Ich hatte damit gerechnet, dass Jens mir Fragen stellen würde, aber das tat er nicht. Er fragte nicht, was ich in meiner Freizeit tat, ob ich einen Freund hatte, was für einen Beruf ich ausübte. Er stellte keine der Fragen, für die ich eine Antwort zurechtgelegt hatte. Er saß nur vergnügt da und erzählte und fuhr sich hin und wieder mit der Hand ohne Schlauch über die schweißnassen Brusthaare. Ich überlegte, mit welcher Ausrede ich bald gehen könnte. Aber er war es, der mich angerufen hatte, irgendetwas musste er mir doch sagen wollen. Und vielleicht brauchte er dafür nur etwas Anlauf.

Mit den Frauen war das immer so eine Sache, sagte Jens, ich habe mit ihnen geschlafen, zwei sind schwanger geworden. Eine Unvorhersehbarkeit war das nicht, es gab ja nur zwei Möglichkeiten, schwanger oder nicht schwanger.

Er sah nachdenklich Richtung Decke.

Es ist ja auch nicht so, fuhr er fort, dass alle guten Dinge im Leben unvorhersehbar sind, das ist eine Tendenz –

Er hob wieder den Zeigefinger,

– eine Tendenz ist das. Mit mir als Vater wären die Kinder verrückt geworden. Das ist eine Tatsache. Und wenn die Kinder groß genug sind, um nicht mehr verrückt zu werden, kommen sie vorbei. Kinderleben haben ihren Rhythmus, Mauern ihr Verfallsdatum. So ist das.

Er sagte *die Kinder,* womit er offensichtlich Antonia und mich meinte, aber das sagte er nicht. Er sprach von uns wie von einem Stück Schmiedematerial, das unveränderlichen physikalischen Gesetzen unterlag, der Schwerkraft, der Fliehkraft. Und ich saß noch immer nur da und schwieg, als hätte er auch meine Fliehkraft verbraucht, als er die Uckermark vor neunzehn Jahren verlassen hatte. Ich holte tief Luft.

Wieso bist du damals in den Westen gegangen?, fragte ich.

Jens lachte.

Das war gar nicht nötig, sagte er, der Westen ist zu mir gekommen.

Wohin bist du dann gegangen, am 4. Oktober 1989?

Jens schaute aus dem Fenster, auf die andere Straßenseite, wo die übrig gebliebenen Meter Mauer standen. Er schien weit darüber hinwegzublicken, als suchte er die Antwort auf der anderen Seite. Er sah angestrengt aus dabei, als gelänge es ihm nicht.

Die haben mich um fünfzigtausend Mark betrogen, sagte er dann und malte mit dem Finger alle Nullen der Zahl in die Luft, sodass der Schlauch, der in seinen Handrücken führte, hin und her schaukelte. Dann sah er mich an, jetzt stellte er seine Augen scharf auf den Abstand zwischen uns, auf die paar Meter vom Bett zum Stuhl.

Wer?, fragte ich leise.

Jens lehnte sich zurück, zog das Laken hoch und schloss die Augen.

Wer?, fragte ich, etwas lauter diesmal, aber er atmete nur schwer, als wäre das Laken auf seiner Brust aus Blei. Ich hätte gerne gewusst, welche der gesagten Sätze nicht dem Morphin geschuldet waren, das er manchmal verabreicht bekam.

7
Sollnähe

Ich saß rauchend auf der kleinen Bank vor dem Verwaltungsgebäude und schaute den Bahnen zu, die langsam auf den Hof rollten, als wären sie unendlich müde von der langen Schicht. Bei Nacht mochte ich den Betriebshof Weißensee am liebsten. Die Bahnen sahen in der spärlichen Beleuchtung wie vergoldet aus. Hin und wieder gab es Funkenschlag, wenn eine Bahn am Streckentrenner kurz den Kontakt zu den Oberleitungen verlor, die wie ein Baldachin über der Platte hingen. Hier startete ich meine Runden, hier hatte ich meinen Spind, hier kannte ich jeden Winkel. Ich wusste, wo die Salzwagen standen und wo die Schneewagen. Ich wusste, wann die Jungs von der Wartung beim Kiosk um die Ecke ihr Feierabendbier holten. Ich wusste, wann welche der sieben Linien von der Platte rollte und in welcher Taktung die nächste folgte. Ich kannte auch die Wochenend- und Feiertagsfahrpläne auswendig. Auf Strecke kannte ich mich nicht so gut aus; die Linien fuhr ich noch immer jeden Abend mit dem Finger auf meinem Stadtplan ab. Aber die elfgleisige Werkstatthalle und die zwölfgleisige Freiluft-Abstellanlage waren mir inzwischen vertrauter als meine kleine Wohnung in der Wolliner Straße.

Ich drückte die Zigarette aus und drehte mir gleich eine neue; meine Finger waren klamm und es rutschte der Filter heraus. Mir fiel die kleine Drehmaschine meines kettenrauchenden Großvaters ein. Er hatte sie in seiner linken Jackentasche aufbewahrt, in der sich immer auch eine Stange Pfefferminzbonbons finden ließ. Was sich in den Taschen meiner Großeltern väterlicherseits befunden haben könnte, wusste ich nicht, ich hatte sie nie kennengelernt. Laut meiner Mutter musste sie eine herrische Frau gewesen sein und er nicht viel zu sagen gehabt haben. Wann sie gestorben waren, wussten wir nicht. Ich erinnerte mich an die Sommerferien bei meinen anderen Großeltern, ans Kirschkernweitspucken mit dem Großvater und ans Entenfüttern mit der Großmutter, an große Mengen Softeis und die elektrische Eisenbahn im Wohnzimmer. Und an den Fernseher, den es bei uns zu Hause nicht gab, und auf dem ich erst das *Sandmännchen* und dann *Bravo TV* kennenlernte. Aber ich erinnerte mich auch an die lautstarken Streitereien, wegen derer ich regelmäßig wach geworden und ins Wohnzimmer gegangen war, um mich zu ihnen aufs Sofa zu kuscheln, an die glasigen Augen meiner Großmutter und den säuerlichen Geruch aus ihrem Mund. An ihre Beerdigung, nachdem sie betrunken die Treppe hinabgestürzt war, erinnerte ich mich, und auch an die des Großvaters, der nach dem Tod seiner Frau plötzlich selbst so viel getrunken hatte, als wollte er ihr im Nachhinein recht geben damit, dass die Welt nur im Rausch auszuhalten war. Nach dem Tod der Großeltern hatte meine Mutter begonnen, sich die ersten grauen Haare zu färben, und aufgehört, solche Briefe zu öffnen, die nach einer Mahnung aussahen. Das einzig Gute damals war gewesen, dass der Fernseher bei uns einzog.

Ich fragte mich, ob Jens wusste, dass ich meine Ferien fortan zu Hause, und später, wenn das Geld reichte, manchmal auch an der Ostsee verbracht hatte. Aber woher hätte er das wissen sollen. Er behandelte mich, als wäre ich eine zwar willkommene, aber beliebige Abwechslung am Sterbebett, der man keine Fragen stellte. Es war mir immer noch ein Rätsel, weshalb er mich eigentlich angerufen hatte. Vielleicht hatte Antonia ihm das eingeredet, vielleicht war eigentlich sie es, die mich kennenlernen wollte. Aber für sie war später noch Zeit, ich wollte erst einmal Jens kennenlernen. Und der hatte vielleicht einfach keine Ahnung, wie man mit einem Kind sprach, das das eigene war. Vielleicht war dieses Stammtischgerede bei meinem letzten Besuch die einzige ihm bekannte Art, mit Fremden zu sprechen, denn mehr waren wir nicht: Fremde, die sich näher sein sollten, als sie es waren. Und weder er noch ich hatten eine Idee, wie diese Sollnähe herzustellen war. Es funktionierte so wenig wie eine Sonderspurbahn, die durch Berlin fahren wollte; Berlin fuhr nun mal auf Normalspur. Vielleicht gab es aber auch nicht mehr zu verstehen, als dass ein Mann in einem Zimmer mit Ausblick auf die Mauer starb und starke Schmerzmittel verabreicht bekam.

Gleich zwei Mal hintereinander gab es Funkenschlag am Streckentrenner und ich wusste, dass Karl auf den Hof fuhr, der dort immer zu abrupt bremste. Er hatte Spätschicht auf der 13 gehabt. Ich rauchte noch eine Zigarette, dann tauchte er aus dem Halbdunkel zwischen den Bahnen auf.

Wie lange sitzt du hier schon?, fragte er zur Begrüßung.

So eine halbe Stunde, sagte ich und Karl seufzte, als würde die Länge meines Sitzens irgendetwas aussagen.

Er holte einen Pullover aus seinem Rucksack und forderte mich zum Aufstehen auf, dann breitete er ihn auf der Bank aus, damit wir uns daraufsetzen konnten. In meiner Winterdaunenjacke, von der meine Mutter sagte, ich sähe darin aus wie ein überdimensionales Gummibärchen, fror ich überhaupt nicht; für einen Dezemberabend war es sehr mild. Wie Karl gewissenhaft den Pullover ausbreitete, sodass wir beide darauf Platz hatten, wie er sich auf die dünnere Seite mit den Ärmeln setzte und mir die andere überließ, das alles machte irgendetwas weich in mir, und ich fing an zu erzählen. Von der Postkarte ohne Adresse und Telefonnummer, von den fünfzigtausend Mark, von nicht gestellten und nicht beantworteten Fragen. Als ich von der Sollnähe sprach, legte Karl einen Arm um meine Schulter. Zu jedem anderen Zeitpunkt hätte mich das vermutlich gefreut, aber jetzt kam mir sein Arm plötzlich wieder vor wie eine Prothese, steif und kalt. Aber ich wehrte mich nicht dagegen.

Was sagt deine Mutter dazu?, fragte er.

Ich starrte auf die Rücklichter der M-Linien, die den Betriebshof für die Nachtschicht verließen.

Sie weiß nichts davon, stellte Karl fest.

Ich bin noch nicht dazu gekommen, sagte ich.

Du sitzt hier seit einer halben Stunde und schaust das Oberleitungsnetz an, sagte Karl. Deine Mutter mag ja etwas spitzfindig sein, aber immerhin hat sie ein Kind mit diesem Mann, da sollte sie schon über seine Krankheit informiert werden.

Als meine Mutter meine restlichen Umzugskisten gebracht hatte, hatte sie die großen unbedingt mit Karl zusammen tragen wollen. Sie fragte ihn aus über seinen Lebenslauf und dabei erfuhr ich, dass Karl seine Eltern bei einem Autounfall verloren hatte. Auch zum Straßenbahnfahren befragte sie ihn und ließ dabei keine Gelegenheit aus, deutlich zu machen, dass sie in diesem Beruf keine zulängliche Zukunftsperspektive sah. Mit mir wechselte sie währenddessen kaum ein Wort. Erstaunt hatte mich das nicht, das indirekte Sprechen war uns schon immer eigen gewesen. Ich hatte beispielsweise im Auto auf der Rückbank gesessen, als meine Mutter mich aufklärte, und als sich unsere Blicke kurz im Rückspiegel kreuzten, verstellte sie den Spiegel. Beim Umzug hatte Karl geduldig auf die Spitzfindigkeiten meiner Mutter geantwortet, er hatte auch nicht ahnen können, dass er nur ein Rückspiegel war, in den man nicht schauen durfte.

Meinst du nicht, fügte Karl hinzu, als ich nicht antwortete, dass du es ihr sagen solltest?

Die Rücklichter der Bahnen glotzten mich an, vorwurfsvoll wie nächtliche Katzenaugen, zu denen es keine Schnurrhaare mehr gab. Ich nahm mein Handy und ging in Richtung der Abstellgleise. Nach dem dritten Klingeln atmete ich erleichtert durch, aber dann nahm meine Mutter doch noch ab.

Liebe Johanna, sagte sie, es ist schon spät.

Woher weißt du eigentlich so genau, dass Jens damals in den Westen gegangen ist?, fragte ich.

Sie seufzte und es raschelte, wahrscheinlich setzte sie sich im Bett auf.

Wenn einer in den Westen ging, sagte sie, dann wusste man das.

Ich meine, welche Beweise hast du?

Meine Mutter schwieg kurz.

Was für Beweise schweben dir denn vor, fragte sie dann, ein unterschriebenes Geständnis?

Ihr war anzuhören, dass sie das Gespräch amüsierte.

Vielleicht ist er ja auch woandershin gegangen, sagte ich.

Man konnte nicht weggehen, ohne in den Westen zu gehen, sagte sie, sonst war man ja nicht weg.

Sie sagte das, als würde ich noch immer meine Latzhose aus schwarzem Cord tragen. Ich schwieg einen Moment, und vielleicht ahnte meine Mutter, dass mich ihre knappen Sätze verletzten. Sie räusperte sich ein Mal, bevor sie fortfuhr.

Es ist ja nicht so, sagte sie, dass ich daran nie gezweifelt hätte. Ein paar Wochen nach seinem Verschwinden war ich doch auf der Polizeiwache, um eine Vermisstenanzeige aufzugeben. Das war eine vollkommen blödsinnige Idee, aber ich wollte sichergehen, dass deinem Vater nichts zugestoßen war, denn es kam mir komisch vor, dass er sich nicht wenigstens kurz von drüben meldete. Die Postkarte kam dann ja noch, aber eben mit der jenstypischen Verspätung.

Sie machte eine Pause, vielleicht um all die Erinnerungen an jenstypische Verspätungen beiseitezuschieben.

Außerdem, sagte sie dann, hat er immer von den Möglichkeiten gesprochen, die es drüben angeblich gab. Mir war damals schon klar, dass das Leben im Westen genauso madig ist wie das im Osten, nur an anderen Stellen. Aber ihm war hier alles zu vorhersehbar, davon war dein Vater nicht abzubringen.

Sie sagte *dein Vater,* als würde Jens sie gar nichts angehen, als würde er mehr zu mir gehören als zu ihr.

Jens sagt, der Westen ist zu ihm gekommen, sagte ich.

Meine Mutter lachte.

Dein Vater ist ein Spinner, sagte sie, das war er schon immer.

Der Spinner hat Krebs, sagte ich, im Endstadium.

Einen Moment lang war es still, und ich genoss den gelungenen Auftakt meiner Rache für die nachlässige Vaterwahl.

Das tut mir leid für dich, sagte meine Mutter.

Wann fährst du zu ihm?, fragte ich.

Ich denke nicht, dass ich zu ihm fahre, sagte sie. Und nach einer kurzen Pause fügte sie hinzu: Wir hatten fast zwanzig Jahre lang keinen Kontakt, und daran werde ich nichts ändern, nur weil er jetzt krank ist.

Wieder schwiegen wir eine Weile, keine von uns wollte das Gespräch an dieser Stelle beenden. Ich konnte ihre Entscheidung verstehen, sah aber trotzdem nicht ein, weshalb ich die nachlässige Vaterwahl allein aussitzen sollte, weshalb ich und nicht sie ihm die Mundwinkel sauber wischte.

Was macht eigentlich deine Zukunftsplanung?, fragte sie plötzlich.

Dass sie mich direkt darauf ansprach, war ungewöhnlich. Als ich noch zu Hause wohnte, hatte sie regelmäßig Bücher auf meinem Schreibtisch hinterlassen, die ich dort wie zufällig finden sollte. Sie trugen Titel wie *Sexuell übertragbare Krankheiten* und *Sicher durch den Straßenverkehr.* Bis zu meinem Auszug vor vier Monaten hatte dort auch ein Studienführer gelegen. Dank der Ratgeber hatte ich immer gewusst, worum sich meine Mutter gerade Sorgen machte. Vielleicht würde ich mich jetzt, da es keinen Schreibtisch mehr gab, auf dem sie Bücher hinterlassen konnte, an diese direkten Ansprachen gewöhnen müssen.

Was soll meine Zukunftsplanung machen?, fragte ich.

Wolltest du nicht über ein Studium nachdenken?

Du wolltest, dass ich über ein Studium nachdenke.

Sie schwieg einen Moment und ich wusste, dass sie überlegte, ob sie den Satz sagen sollte, der ihr auf der Zunge lag. Und ich wusste auch, dass sie ihn sagen würde.

Du willst doch nicht für immer Straßenbahnfahrerin bleiben, sagte sie.

Schön, dass du das so genau weißt, sagte ich.

Mit einem Studium hat man eben ganz andere Möglichkeiten, sagte sie.

Ja genau, sagte ich, am besten studiere ich auch Veterinärmedizin, damit ich später mal in deine Fußstapfen treten und die höchstqualifizierte Gehegeausmisterin des ganzen Landes werden kann.

Sofort tat mir leid, was ich gesagt hatte. Aber ich hatte noch nie Verständnis dafür gehabt, dass meine Mutter keine Tierarztpraxis eröffnete. Sie hatte studiert, sie hatte ein Tierheim geleitet. Doch seit sechzehn Jahren mistete sie die Gehege in einem Streichelzoo aus. Der lebende Beweis dafür, dass ihr das nicht genügte, saß in einer Holzkiste unterm Waschbecken, fraß Katzenfutter und hieß Boda. Die Wahrheit war doch, dass meine Mutter mit ihren Fundtieren die drei Hunde, vierzehn Katzen und einunddreißig Kaninchen wieder einsammelte, die sie nach dem Mauerfall ausgesetzt hatte. Abgesehen davon war jetzt der falscheste aller falschen Zeitpunkte, um mit mir über meine Zukunft zu diskutieren. Gerade lag der Mann im Sterben, den sie *meinen Vater* nannte und von dem auch ich entgegen aller Logik und Vorsätze inzwischen immer öfter als *mein Vater* sprach, anstatt einfach nur *Jens* zu sagen.

Wir schwiegen so lange, bis ich nachgab und etwas sagte, das ein baldiges Auflegen ermöglichte.

Wie geht es Boda?, fragte ich.

Dreihundertneunzig Gramm, sagte sie.

Dann wünschten wir uns eine gute Nacht.

Irgendetwas an dieser Geschichte stimmt nicht, sagte ich zu Karl, als ich mich wieder neben ihn setzte.

Ist es denn so wichtig, dass du weißt, was wirklich passiert ist?

Wie könnte das nicht wichtig sein?

Es könnte genauso nicht wichtig sein, sagte Karl, wie es nicht wichtig ist, ob auf dem Balkon tatsächlich ein Trabant steht.

Ein Vater ist kein Trabant auf einem Balkon, sagte ich.

Das schien ihm einzuleuchten, jedenfalls war eine Weile lang nur das Zirpen des Oberleitungsnetzes zu hören.

Außerdem kannst du den Hergang des Autounfalls deiner Eltern ja auch aktengetreu wiedergeben, sagte ich dann.

Eltern sind überbewertet, sagte Karl, man glaubt gar nicht, wie gut man ohne zurechtkommen kann.

Er sagte das so betont locker, dass es jetzt an mir war, ihm einen Arm um die Schulter zu legen.

Du könntest bei mir schlafen, sagte Karl.

Er sah mich nicht an dabei, er pulte konzentriert einen Aufkleber von der Bank. Und obwohl seine Finger sehr echt aussahen, wurde ich die Vorstellung einfach nicht los, dass es sich um Prothesenfinger handelte, die immer nur Außen- und nie Körpertemperatur haben würden.

Gerne, sagte ich und lehnte den Kopf an seine Schulter.

HA I Rostock, den 6.10.1989

Vernehmungsprotokoll

Vernehmung des Beschuldigten
BORG, Jens
durch OmVE "Rose"

13.35 Uhr: Beginn der Vernehmung

Frage: nach der Identität mehrerer Frauen, die den Bandproben beigewohnt hatten.

Antwort: J erinnere sich an keine Rothaarige, dafür an eine Blonde, die er aber eher mit aschblond beschreiben würde oder hellbraun, aber wie die geheißen habe, wisse er nicht mehr.

Frage: zur Herkunft des im NSA produzierten Schlagzeugs.

Antwort: Das Schlagzeug sei schon dort im Keller gewesen, bevor er und Franky "Die geringelten Strümpfe" gegründet hätten, und eben wegen dieses Schlagzeugs, von dem er nicht wisse, wie es in den Keller gekommen sei, sei entschieden worden, dort und nicht woanders zu proben.

Frage: zu Auftritten auf nicht angemeldeten Veranstaltungen im Großraum Rostock.

Antwort: Ob das Frühlingsfest der freiwilligen Feuerwehr tatsächlich nicht angemeldet gewesen sei? Das könne er sich gar nicht vorstellen.

Frage: zur Bedeutung des roten Plüschschweins ohne Augen an der Tür des Probenraums.

Antwort: An ein solches Plüschschwein könne er sich nicht erinnern.

13.58 Uhr: Da J offensichtlich die Kooperation verweigert, ermahnt ihn der OmVE zur besseren Mitarbeit. J erwidert, daß er ja gerne mitarbeiten würde, wenn er könnte, daß sich der Papierstapel vor "Rose" aber offenbar besser an die Bandproben erinnern könne, als er selbst. Der OmVE klärt J darüber auf, daß weder er noch seine Freunde etwas davon hätten, wenn er hier keine Angaben mache. Anschließend wird das Verhör fortgesetzt:

Frage: zu den Gründen dafür, daß J in den Liedern nur bedeutungslose Silben aneinanderreiht, anstatt richtige Wörter zu singen.

Antwort: Daß er sehr gerne richtige Wörter singen würde, daß aber niemand in der Band in der Lage sei, vernünftige Liedtexte zu schreiben.

Frage: zu seiner Haltung gegenüber der Tatsache, daß sein Gesang im Milieu als Kritik an nicht bestehender Meinungsfreiheit gewertet wird.

Antwort: Daß er nicht wisse, von welchem Milieu hier die Rede sei, es aber witzig finde, wie durch bloße Deutung aus einer Unfähigkeit eine Tugend zu machen sei. (OmVE Rose notiert das Wort "witzig" und unterstreicht es 2mal.)

Frage: zur Namensbedeutung der Gruppe "Die geringelten Strümpfe".

Antwort: Daß er das nicht beantworten wolle, da jeder Rocker seine Geheimnisse haben müsse.

Frage: ob ein Bezug zum Kinderbuch "Pippi Langstrumpf" von Astrid Lindgren bestehe, da sich J wie auch die Figur der Pippi offenbar nicht mit den gesellschaftlichen Verhältnissen identifizieren könne.

Antwort: Daß Rocker ihre Geheimnisse haben müßten.

14.17 Uhr: Das Verhör wird für beendet erklärt und J auf seine Zelle gebracht.

Auch aus der Befragung seines Zellnachbarn D (siehe Anlage) geht nur hervor, daß J ein eher schweigsamer Zeitgenosse ist. Einmal habe er sich über die schlechte Qualität des Kaffees beschwert, ansonsten spreche er, wenn überhaupt, nur im Schlaf.

gez. Selene
Unterleutnant

8

Lebenswichtige Funktionen

Antonia zog eine Packung Filterzigaretten aus ihrer Tasche und entfernte sorgfältig die Plastehülle und das Stanniolpapier.

Hier rauche ich jetzt nur noch solche, sagte sie und hielt mir die Packung hin, das Drehen dauert zu lange.

Auf dem Balkon war es eisig kalt, aber angenehm windstill für einen Berliner Wintertag; drei Stockwerke unter uns fuhren die Straßenbahnen im Fünfminutentakt. Ich war eine Weile nicht im Krankenhaus gewesen, acht Tage um genau zu sein, was für ein Endstadium eine lange Zeit war. Ich hatte Jens bestrafen wollen mit meinem Wegbleiben; bockig wie eine Vierjährige hatte ich in meiner Wohnung gesessen und darauf gewartet, dass er anrief. Er hatte nicht angerufen, dafür Antonia. Du wolltest doch wiederkommen, hatte sie gesagt und sich keine Mühe gegeben, den Vorwurf aus ihrer Stimme zu nehmen. Wir hatten uns verabredet, Jens gemeinsam zu besuchen. Sie hatte mich vor seinem Zimmer abgefangen und umarmt, einen Moment zu lange, um mich dabei wohlzufühlen. Noch in der Umarmung hatte sie mich in Richtung Balkon geschoben.

Wieder fiel Asche in Antonias Schoß, diesmal wischte

ich sie mit einer schnellen Handbewegung weg. Dann war es mir peinlich, dass ich ihr einfach ans Bein gefasst hatte, doch Antonia zuckte nicht mal mit der Wimper. Sie aschte fast nie ab, als wäre ihr jede Bewegung zu viel. Sie hockte starr und stumm da, als säßen wir auf einer sehr langen Fahrt schon sehr lange nebeneinander. Offenbar wollte sie nicht nur Zeit sparen mit ihren Filterzigaretten, sondern auch Worte. Ich kramte in meiner Tasche nach etwas, das es zu tun oder zu reden geben könnte. Ich fand darin den Berlinplan, nahm ihn heraus und breitete ihn auf den Knien aus.

Kannst du mir die Grenze einzeichnen?, fragte ich.

Antonia hob die Augenbrauen.

Wo genau die Mauer war, sagte ich, nahm einen Stift aus der Tasche und zeichnete das kleine Stück nach, das ich kannte, entlang der Bernauer Straße und durch den Mauerpark.

Antonia schüttelte den Kopf.

Ich bin nicht von hier, sagte sie. Außerdem wurden an dieser Mauer Leute erschossen, ich will gar nicht wissen, wo genau das war.

Ich legte den Zeigefinger auf das Krankenhaus; ein alter Kartenleserreflex, erst einmal den eigenen Standort zu bestimmen. Vielleicht hätte ich das meiner Mutter mal erklären sollen, die partout keine Karten lesen konnte. Einmal, als ich neun war, reisten wir nach Karlsruhe, um aus dem dortigen Tierpark zwei alte Ziegen für den Streichelzoo abzuholen. Stundenlang irrten wir bei der Ankunft durch die Stadt, um unser Hotel zu finden. Diese Weststädte sind komisch gebaut, sagte meine Mutter und schaute ratlos auf den Stadtplan. Ich nahm ihr die Karte für immer aus der Hand, und wir verliefen uns nie wieder. Zu Hause hängte ich den Karlsruher Stadtplan über mein

Bett und begann, Karten zu sammeln. Die Karlsruhekarte blieb lange meine liebste, sie war die Trophäe, die mich an meinen ersten selbst gefundenen Weg erinnerte.

Meinst du, Jens kann mir die Grenze einzeichnen?, fragte ich.

Antonia drückte den Rücken durch.

Jens kann nicht mehr sprechen, sagte sie und schnippte ihre Zigarette vom Balkon. Ich folgte der Flugkurve mit den Augen, bis der glühende Stummel im Gebüsch verschwand, dann lachte ich plötzlich laut los. Antonia sah mich verständnislos an und ich wollte das Lachen unterdrücken, unbedingt, aber es war ein Lachen wie ein starker Hustenreiz, gegen den man machtlos ist. Wäre Antonia eine Stadt, dachte ich, dann sicher eine wie Karlsruhe, die schachbrettartig strukturiert ist. Und mein Lachen war der unterirdische Fluss, der plötzlich aus den Gullydeckeln hervorgeschossen kommt und die ganze Karlsruher Rechtwinkligkeit durcheinanderbringt. Sie sah mich an, als würde ich ihre Kirchen unterspülen, und ich hörte auf zu lachen.

Es tut mir leid, sagte ich, und als sie nichts erwiderte, schob ich zögerlich hinterher: Wie kam es denn dazu?

Der Arzt meinte, er hat vermutlich eine Metastase im Gehirn, sagte sie. Ich stelle mir das so vor: Wenn ein Körper schwer krank ist, beschränkt er sich auf die lebenswichtigen Funktionen, die anderen gibt er Stück für Stück auf. Auf das Sprachzentrum im Gehirn kann er verzichten, also wird diese Funktion zuerst eingestellt.

Ich steckte den Stift ein und faltete die Karte zusammen.

Wie im Winter, sagte ich, Hände und Füße werden immer zuerst kalt.

Antonia nahm zwei Zigaretten aus ihrer Schachtel,

zündete beide an und hielt mir eine hin; wir rauchten schweigend. Zwei Bahnen fuhren vorbei, dann sah ich aus dem Augenwinkel, dass Antonia weinte. Ihre Wangen waren nass und um ihre Mundwinkel bildeten sich kleine Wirbel, wie im Fell von Meerschweinchen. Sie schienen sich immer tiefer in ihre Wangen zu graben, als wollten sie kleine Auffangbecken bilden. Ich fand es nicht besonders einfühlsam von Antonia, jetzt zu weinen. Sie saß da und weinte, als hätte sie ein Monopol auf die ganze Vatertrauer. Aus meinen Augen wollte keine Träne fließen. Während Antonia um ihren Vater trauerte, ging mir das Wort noch immer nur zögerlich über die Lippen, wie ein Fremdwort, dessen richtiger Verwendung man sich nicht ganz sicher ist. Nacht für Nacht stand ich am Fenster meiner Wohnung und sah die Häuser gegenüber an, während ich darüber nachdachte, weshalb Jens am 4. Oktober 1989 gegangen war. Hatte er einen passablen Grund, wollte ich mich gern an das Wort Vater gewöhnen. Hatte er keinen, würde ich diesem Krankenhaus auf der Stelle den Rücken kehren und die Vatersache zu den Akten legen. Jens hätte auf seine feinmotorischen Fähigkeiten verzichten können, er hätte seinen Geruchssinn abstellen oder ein gelähmtes Bein bekommen können, meinetwegen hätte er auch erblinden können. Der menschliche Körper verfügte wirklich über ausreichend Funktionen, die nicht lebenswichtig waren, doch mein Vater musste diejenige zuerst einstellen, die ich noch benötigte. Wenn hier jemand allen Grund zu weinen hatte, dann ich. Doch ich fühlte mich leer wie eine zensierte Fläche auf einer Landkarte.

Ich schaute kurz zur Seite, um Antonias Mundwinkel hatte es sich etwas beruhigt. Mir wurde schlagartig klar, dass sie die einzige verfügbare Quelle war, die mir noch Auskunft geben konnte.

In meiner Wohnung sind die Wasserrohre eingefroren, sagte ich, kann ich vielleicht ein paar Tage bei dir wohnen?

Ich konnte mich nicht erinnern, wann ich das letzte Mal gelogen hatte; ich hatte auch lange keinen Grund dazu gehabt.

Kein Problem, sagte Antonia, legte mir den Arm um die Schulter und entwirbelte ihre Mundwinkel.

9

Keine Anekdote, die man gern erzählt

Antonia drehte alle Heizkörper auf die höchste Stufe, dann streifte sie die Stiefel ab und zog ihre Hose aus. Darunter trug sie schlichte, schwarze Unterwäsche. Um sie nicht länger anzuschauen, sah ich mich in ihrer Wohnung um. Es gab nicht viel zu sehen, alle Möbel waren mit undurchsichtigen Plasteplanen abgedeckt. In der Mitte der Wohnküche stand eine Leiter, daneben ein weißer Eimer mit Rolle und Abstreichgitter. Auch die Fensterrahmen waren ordentlich mit Paketband abgeklebt, nur die hellen Holzdielen lagen ungeschützt nebeneinander, übersät mit weißen Farbklecksen. Sie war vor fünf Jahren von Bonn nach Berlin gezogen, das hatte sie mir unterwegs erzählt, für einen Job in der Pressestelle der Universität.

Als ich eingezogen bin, hat mir Jens beim Streichen geholfen, sagte Antonia, und jetzt bist du hier. Witzig, oder?

Dann zog sie auch ihre Bluse aus. Halb nackt stand sie neben mir, als würden wir schon jahrelang zusammenwohnen. Ich starrte sie einen Moment lang an. Ihr Körper war übersät mit kleinen Leberflecken, vor allem auf den Armen und im Nacken. Ich hätte sie gerne gezählt, aber Antonia zog ein braunes Hemd über, das voller weißer Farbkleckse war. Das Hemd sah aus wie das Negativ ihrer Haut.

Wie war das bei dir, fragte ich, wieso bist du ohne Vater aufgewachsen?

Meine Mutter hat in der DDR quasi Berufsverbot bekommen, sagte sie. Das war nicht amtlich, aber ihre Projektanträge wurden von der Institutsleitung nicht mehr bewilligt, Veröffentlichungen und Forschungsreisen nicht genehmigt. Als sie in eine Abteilung versetzt wurde, wo sie nur noch Papierkram erledigen sollte, hat sie einen Ausreiseantrag gestellt. Und als der nach Jahren bewilligt wurde, ist sie mit mir nach Bonn gegangen, wo sie weiter als Astrophysikerin arbeiten konnte. '84 war das, da war ich zwei. In Bonn hat sie Peter kennengelernt, den ich lange für meinen Vater gehalten habe. Ich bin also gar nicht ohne Vater aufgewachsen.

Antonia rückte die Leiter zurecht. Dann bückte sie sich, tunkte die Rolle in den Farbeimer und strich sie am Plastegitter ab. Auch an den Oberschenkeln hatte sie Leberflecke. Ich konnte fünf zählen, dann stieg sie auf die Leiter. Einen Arm stützte sie in die Hüfte, mit dem anderen strich sie in gleichmäßigen Bewegungen die Decke. Ich konnte nicht erkennen, welche Teile der Decke sie schon gestrichen hatte und welche nicht, aber sie schien sich zielsicher über die weiße Fläche zu arbeiten.

Wie hast du dann von Jens erfahren?, fragte ich.

Als ich achtzehn wurde, hat meine Mutter es mir erzählt, sagte Antonia. Von ihr wusste ich auch, dass er begeisterter Schachspieler ist. Als ich nach Berlin zog, habe ich ein Foto von ihm eingesteckt, ein paar Schachkneipen abgeklappert und schon bei der dritten Glück gehabt. Ich habe ihn herausgefordert und eine Partie gegen ihn gespielt, er hat natürlich gewonnen. Und als er mir die Hand gegeben hat, habe ich gesagt: Antonia mein Name, ich bin übrigens deine Tochter. Dann haben wir ziemlich viele Biere getrunken.

Ich schritt über die Dielen von Farbklecks zu Farbklecks, nahm einen Spachtel und begann, die Kleckse vom Boden zu kratzen.

Schau mal, sagte Antonia.

Sie konnte mit der Leiter laufen, auch wenn es eher so aussah, als würde die Leiter mit ihr laufen. Mit den Zehenspitzen umklammerte sie die unteren Holzsprossen und drückte die Knie fest gegen die oberen, dann beugte sie sich nach vorn und verlagerte ihr Gewicht abwechselnd von rechts nach links.

Das Leiterlaufen hat Jens mir damals beigebracht, sagte sie, wir haben ein Wettlaufen gemacht.

Ich kratzte mit dem Spachtel an einem Fleck, der nicht verschwinden wollte. Der Farbbuckel war abgeplatzt, aber es blieb ein weißer Schimmer auf der Diele. Der Schimmer verschwand, wenn ich ihn mit heißem Wasser bearbeitete, und tauchte langsam wieder auf, wenn das Holz trocknete. Es war sicher einer der Flecken vom letzten Mal, einer der Flecken, die Jens hinterlassen hatte beim Leiterwettlaufen mit Antonia, ein Relikt ihrer gemeinsamen Vergangenheit.

Lass doch, sagte Antonia, mich stören die Farbflecken nicht.

Mich aber, sagte ich und kratzte mit dem Fingernagel an dem Fleck.

Wieso ist Jens damals nicht mitgekommen nach Bonn?, fragte ich.

Die Ausreisegenehmigung wurde nur meiner Mutter und mir erteilt, sagte Antonia.

Wieso ist er nicht illegal ausgereist?

Na hör mal, sagte Antonia, das war lebensgefährlich.

Fünf Jahre später hat er es riskiert und rübergemacht, sagte ich.

Antonia nahm die Rolle in die linke Hand und schüttelte den Arm aus.

Blödsinn, sagte sie, Jens hat nicht rübergemacht.

Ich hörte auf, am Fleck zu kratzen, und schaute sie an, wie sie auf der Leiter stand, den Kopf im Nacken, die Haare voller Farbspritzer, wie sie weiter die Decke strich, dass es nur so von der Rolle tropfte. Während ich in der einen Zimmerecke die Farbe vom Boden kratzte, fielen in der anderen immer neue Kleckse auf die Dielen.

Aber am 4. Oktober '89 ist er verschwunden, sagte ich.

Ach das, sagte Antonia und lachte auf. Jens hatte doch damals eine Band, sagte sie, *Die geringelten Strümpfe,* sie waren sogar ziemlich erfolgreich. Wenn solche Leute in der DDR mal eben verschwunden sind, dann sicher nicht, weil sie das selbst so wollten.

Antonia stieg von der Leiter, legte die Rolle in den Eimer und nahm den Tabak aus meinem Rucksack.

Du meinst, er wurde verhaftet, sagte ich.

Was denn sonst, sagte sie.

Hat er dir das erzählt?

Antonia setzte sich im Schneidersitz auf den Boden.

Das gehört für die meisten nicht gerade zu den Anekdoten, die man gern erzählt, sagte sie. Aber wenn einer sagt, dass der Kaffee im Rostocker Stasi-Knast miserabel war, bedarf das ja keiner weiteren Erklärung.

Ich legte den Spachtel beiseite und schaute Antonia an, wie sie dasaß, halb nackt, und meinen Tabak auf ein Blättchen streute. In jeder ihrer Bewegungen und in jedem ihrer Worte lag eine Natürlichkeit, die ich ihr gleichzeitig neidete und übel nahm. Für sie schien alles ganz einfach zu sein. Sie hatte ihre zwei Väter, sie hatte ihre Geschichte, und jetzt hatte sie eben noch eine Halbschwester. Ich hingegen hatte nicht einmal mehr eine stimmige Geschichte zu meinem abwesenden Vater. Statt auf Fakten, die zusammenpassten, stieß ich auf immer mehr Widersprüche. Immerhin konnte ich jetzt sicher sein, dass etwas faul war an der Fabel vom 4. Oktober.

Aber sprich ihn besser nicht darauf an, sagte Antonia.

Er kann ja sowieso nicht antworten, dachte ich, verkniff mir die Bemerkung aber.

Du kannst bei mir im Bett schlafen, sagte Antonia dann und schnippte die Zigarette in einen leeren Farbeimer. Mein Blick fiel auf die Leberflecken auf ihren Schenkelinnenseiten. Ich zählte vier Stück, dann schien mir plötzlich, der Farbgeruch ginge von ihnen aus. Ich hörte auf zu zählen und stand auf.

Danke, das Sofa ist gut, sagte ich.

Ich holte den Lappen und fing an, die frischen Farbkleckse um die Leiter herum aufzuwischen. Ich dachte darüber nach, wie viele Jahre Antonia die Decke streichen müsste, bis die Schicht dick genug wäre, dass ich sie ohne Leiter berühren könnte. Ein Leben würde wohl nicht reichen, aber ich schätzte, dass es zu schaffen wäre, wenn Jens, Antonia und ich jeder einmal pro Woche die Decke streichen würden, Jens' verfrühter Todeszeitpunkt nicht eingerechnet.

HA I Rostock, den 9.10.1989

Vernehmungsprotokoll

Vernehmung des Beschuldigten
BORG, Jens
durch OmVE "Rose"

10.30 Uhr: Beginn der Vernehmung

Antwort: J wolle vorab darum bitten, seine Leseerlaubnis erweitert zu bekommen. Derzeit bekomme er pro Woche drei Bücher ausgehändigt. Das sei ihm zuwenig, da er gerne und viel lese. Außerdem wünsche er, ein Schachspiel ausgehändigt zu bekommen.

Frage: ob er neue Angaben zu den Sachverhalten zu machen habe.

Antwort: daß er keine neuen Angaben zu machen und beim letzten Mal alles gesagt habe.

10.33 Uhr: Der OmVE weist J darauf hin, daß seine Wünsche bezüglich der Leseerlaubnis und des Schachspiels bei Kooperationsbereitschaft sehr viel leichter einzurichten seien.

Frage: nach geplanten Auftritten der "Geringelten Strümpfe" im Großraum Rostock.

Antwort: (Schweigen)

Frage: ob er als Kind "Pippi Langstrumpf" vorgelesen bekommen oder selbst gelesen habe.

Antwort: (Schweigen)

Frage: zu den Gründen dafür, daß J nur bedeutungslose Silben aneinanderreiht, anstatt richtige Wörter zu singen.

Antwort: (langes Schweigen)

10.47 Uhr: Der OmVE erklärt die Vernehmung für beendet. J wird auf seine Zelle gebracht.

Anordnung von Disziplinarmaßnahmen:

Verlegung in die Dunkelzelle (3 Tage)
Entzug des täglichen Hofgangs (1 Woche)
Vorläufige Verwehrung des Schachspiels und der erweiterten Leseerlaubnis (1 Woche)

Bei andauernder Kooperationsverweigerung: Wiederholung der Disziplinarmaßnahmen.

gez. Selene
Unterleutnant

10

Selbstgespräche mit dir

Jens schlief, als ich ins Zimmer kam. Ich stellte mich ans Fußende des Bettes und schaute ihn an. Ich sah seinen Hals, der mir zu dünn schien, um den großen Kopf zu tragen, sah die spärliche Behaarung, die an den Schläfen vom Schweiß zusammenklebte, sah seine geschlossenen Augenlider, unter denen die Pupillen hin- und herzuckten, als wären zumindest sie sehr wach.

Hörst du mich, sagte ich leise.

Jens reagierte nicht.

Verstehst du, wenn ich etwas sage.

Er stieß ein paar unverständliche Silben aus, ohne die Augen zu öffnen. Ich dachte an Antonia, die ich den dritten Morgen in Folge aus dem Bett geholt hatte, weil ich ihren Wecker auch im Nebenraum deutlich hörte. Diagonal lag sie im Bett, das Kopfkissen fest umschlungen wie ein Kind sein Stofftier. Ich schien hier die Einzige ohne felsenfesten Schlaf zu sein. Jens fuhr sich mit der Zunge über die rissigen Lippen. Nicht nur ich bleibe nach seinem Tod unwissend zurück, dachte ich, auch er wird sterben, ohne etwas über mich zu wissen, weil wir zur Familie der geflügelten Tiger gehören.

Kennst du die Geschichte, sagte ich, wie '54 eine ganze

Auflage Berlinpläne eingestampft wurde? Am Alexanderplatz hat sich ein Zugabfertiger den neuen Pharus-Plan, der an allen Haltestellen aushing, ganz genau angeschaut und festgestellt, dass die Charlottenburger Chaussee jenseits des Brandenburger Tors mit *Straße des 17. Juni* beschriftet war. Da hatte ein übereifriger Redakteur nach Erteilung der Druckgenehmigung noch schnell die neue Straßenbenennung im West-Sektor eingearbeitet. Der Zugabfertiger hat das gemeldet, und dann wurden alle zwölftausend Pläne abgehängt und eingestampft. Trotz des Papiermangels.

Jens' Augen bewegten sich unter den Lidern.

Ich werde übrigens Straßenbahnfahrerin, sagte ich. Aber meine Mutter will unbedingt, dass ich studiere. Vielleicht mache ich das irgendwann auch noch. Einen Freund habe ich nicht, aber es gibt da –

Jens lief Speichel aus dem Mundwinkel. Ich stand auf, holte ein kariertes Stofftaschentuch aus dem Schrank und wischte ihm den Speichel weg.

Du hättest nicht einfach gehen sollen, sagte ich. Dann hätte meine Mutter die unbezahlte Probezeit in der Tierarztpraxis machen können und müsste jetzt keine Gehege ausmisten. Ich verdiene mehr als doppelt so viel wie sie. Verstehst du. Ich würde gerne mal mit dir Schach spielen. Jetzt führe ich schon Selbstgespräche mit dir. Willst du das alles überhaupt wissen?

Ich knetete das Taschentuch unschlüssig in den Händen und faltete es dann ordentlich zusammen. Ich hätte es angebracht gefunden, ein bisschen zu weinen. Er wird nichts, aber auch gar nichts mehr sagen, dachte ich, legte das Taschentuch auf den Nachttisch und ging eine rauchen.

Als ich zurückkam, setzte ich mich auf den Bettrand, dahin, wo sonst immer Antonia saß. Jens öffnete plötzlich die Augen und hob den Kopf. Ich dachte kurz, er würde darauf reagieren, dass ich so dicht neben ihm Platz genommen hatte. Doch dann streckte er einen Arm aus und zeigte Richtung Tür.

Toilette?, fragte ich, er hustete, ich drückte den roten Knopf. Ich schob meinen rechten Arm unter seinem linken hindurch und legte ihn um seinen Rücken. Das grünliche Nachthemd war hinten offen, seine Haut kühl und klebrig. Mit dem linken Arm umfasste ich seine Knie, zog sie aus dem Bett, stemmte seinen Oberkörper hoch, wie ich es bei der Krankenschwester beobachtet hatte. Dann saß er, und ich war stolz auf mich. Seine Beine hingen vom Bett, ohne den Boden zu berühren, seine linke Hand lag schlaff auf meinem Unterarm. Die Krankenschwester mit der Plasteblume am Zopf kam mit einem Rollstuhl herein, der in der Mitte der Sitzfläche ein Loch hatte, darunter war eine Schüssel befestigt. Wir stellten Jens hin. Seine Fingernägel krallten sich zitternd in meine Haut, aber sie kamen nicht weit, sein Griff war nicht sehr fest. Ich nahm mir vor, ihm später die Nägel zu schneiden. Die Krankenschwester drückte sanft in Jens' Kniekehle und er ging einen Schritt. Er atmete tief ein und blies die Luft geräuschvoll wieder aus, dann hörte ich neben meinen Füßen ein Platschen auf dem Linoleumboden.

Hoppla, sagte die Krankenschwester.

Aus Jens' offenem Nachthemd tropfte braune Flüssigkeit.

Wollen Sie rausgehen?, fragte die Schwester.

Schon gut, sagte ich.

Sie müssen das nicht.

Nein, schon gut.

Wir setzten Jens in den Rollstuhl, die Schwester verließ das Zimmer, ohne die Tür zu schließen. Ich schob den Rollstuhl ein Stück zur Seite, dabei schleiften Jens' nackte Füße über das Linoleum. Ich schüttelte das Bett auf, ich öffnete seinen Kleiderschrank, darin waren Hosen und Hemden gestapelt. Ich nahm ein neues Stofftaschentuch aus dem Schrank, ich wischte ihm die feuchte Stirn ab. Wohin dann mit seiner Kleidung, dachte ich, und dass ich so was jetzt noch nicht denken durfte.

Die Schwester kam mit einem Eimer, frischer Bettwäsche und einem Paket Windeln wieder. Während sie das Laken austauschte, korrigierte ich meine Bettwäschetheorie: In den unteren Stockwerken des Krankenhauses wurde die Wäsche täglich gewechselt, weil auch die Patienten täglich wechselten. In den oberen Stockwerken mussten die Bezüge ebenfalls täglich gewechselt werden, doch die Patienten blieben dieselben. Ich setzte mich auf meinen Stuhl in der Ecke und faltete auch das zweite Stofftaschentuch sorgfältig zusammen. Ich wartete, bis die Schwester den Boden gewischt, Jens gewaschen und gewickelt hatte. Mein Vater wird nichts, aber auch gar nichts mehr sagen, dachte ich wieder, und es kam mir vor, als würde ich das jetzt erst begreifen.

Als die Schwester gegangen war, setzte ich mich wieder auf Antonias Platz auf dem Bettrand und legte seine Hand auf meine; sie war weich und sauber. Zwischen Zeige- und Mittelfinger hatte er einen kleinen Leberfleck. Ich nahm die Nagelschere aus der Nachttischschublade, legte seine Hand auf mein Knie und schnitt ihm die Fingernägel. Ich bog seine Finger nacheinander nach oben, sodass ich gut an die Nägel kam, er leistete keinerlei Widerstand.

Was ist passiert am 4. Oktober?, fragte ich, als ich fertig war, aber Jens schlief tief und fest. Ich schlug die Decke zurück und fand zwischen seinen Brusthaaren vier weitere Leberflecken. Dann schob ich die Decke vom Fußende her weg, an den Beinen zählte ich insgesamt vierzehn. Antonia war auf Jens mindestens neunzehn Mal verzeichnet, dachte ich. Und vermutlich gab es auf den anderen Körperteilen, die ich nicht sehen konnte oder wollte, noch mehr davon, auf dem Rücken, an den Oberschenkeln. Ich dachte an die Narbe auf dem Bauch meiner Mutter, an diese weiße Linie, die keinen Zweifel daran ließ, dass es mich gab. Ich beugte mich vor und schaute auf Jens' Knie, aber da war keine Narbe. Er war nicht zur Apotheke gerannt, er hatte keine Medikamente gegen meine Masern geholt und war nicht mit dem Knie auf den Bordstein geschlagen. Mit dem Fingernagel fuhr ich unter seiner Kniescheibe entlang. Es entstand eine rote Linie, die kurz darauf wieder verschwand. Wie die dicke Linie durch die Mitte des Berliner Stadtplans, dachte ich, die auch einfach wieder verschwunden war.

Ich überlegte, welche Version seines Verschwindens mir lieber war, die meiner Mutter, dass er Republikflucht begangen hatte, oder die von Antonia, dass er festgenommen worden war. Ich entschied mich für die Festnahme. Dann hätte er nichts für sein Verschwinden gekonnt, dann hätte ich ihn ab sofort problemlos Vater nennen können. Aber dazu würde er mir nichts mehr sagen können, dachte ich, und wieder war es, als wäre das eine neue Erkenntnis. Ich hatte es bereits zwei Mal wieder vergessen, als handelte es sich um eine komplizierte mathematische Formel.

Am Vorabend hatte ich mit Sarah telefoniert. Die Verbindung war sehr schlecht gewesen, und es hatte eine

Weile gedauert, bis sie verstanden hatte, dass ich keinen *Kater* hatte, sondern meinen *Vater* getroffen. Der hat dich doch noch nie interessiert, sagte sie. Jetzt interessiert er mich aber, entgegnete ich, wusste aber nicht zu sagen, was ich von dem verstummten Mann noch wollte. Ich schaute Jens an. Vielleicht musste ich endlich die seltsame Hoffnung begraben, dass er doch noch einen klaren Moment haben und etwas sagen würde. Vielleicht sollte ich einen Rahmen für die Ebstorfer Weltkarte kaufen und nach Hause gehen. Vielleicht sollte ich noch einmal seine Hand nehmen und mich verabschieden. Aber ich blieb sitzen und überwachte seinen Atem. Ich hatte eine Neugier im Bauch, die gestillt werden wollte, und eine Frage auf der Zunge. Wie ein Haar im Mund, das man nicht zu fassen bekommt.

Auf dem Heimweg lief ich an den Mauerresten entlang. Ich ging auf die andere Seite, dahin, wo Jens' Blick nach einer Antwort auf meine Frage nach dem 4. Oktober gesucht hatte. Dort standen Informationstafeln, und die von Antonia erwähnten Mauertoten bekamen ein Gesicht und einen Namen. Es waren 136, aber nur 98 von ihnen hatten Fluchtabsichten gehabt, die übrigen waren Grenzsoldaten, Westberliner oder Verirrte gewesen. Ich überschlug die Fehlerquote, sie lag bei knapp dreißig Prozent. Nicht erfasst war die Anzahl der Tiere, die der innerdeutschen Grenze zum Opfer gefallen waren: die Hasen, Rehe und Vögel, die sich in den Todesstreifen verirrt hatten und durch eine Selbstschussanlage oder eine Mine ums Leben gekommen waren. Diese Dunkelziffer würde meine Mutter interessieren, dachte ich. Ich hätte gern gewusst, ob sie zu DDR-Zeiten viele Tiere mit Schussverletzungen behandelt hatte.

11

Mielke und Honecker reden über ihre Hobbys

Kennste den schon, sagte Reiner, warum sahen die Leute in der DDR so müde aus? Weil es dort vierzig Jahre lang nur bergauf ging!

Reiner lachte laut, als hätte er seinen Witz gerade zum ersten Mal gehört. Wir fuhren die 27, es war Sonntagnachmittag, auf den Straßen ging es ruhig zu. Auch meine Fahrgäste, die ich auf dem Überwachungsmonitor oberhalb des Armaturenbretts beobachten konnte, bewegten sich im Sonntagstempo durch die Bahn und drehten die Köpfe nicht gleich entnervt Richtung Fahrerkabine, wenn eine Ampel länger nicht auf Grün schaltete.

Auf dem Monitor fiel mir ein junges Paar auf. Sie war sehr gut angezogen, mit tailliertem Mantel und Kaschmirschal, er trug eine enge, schrecklich grüne Jogginghose. Zusammen hievten sie eine Kommode in die Bahn. Sie schoben das Möbelstück umständlich in den Fußraum einer Vierersitzgruppe. Es war offenbar ihre Kommode, denn sie strich immer wieder über das gemaserte Holz, so wie man einen Gegenstand bezärtelt, der neu und schön ist. Er strich immer wieder über ihre Hand, so wie man eine Hand bezärtelt, die zu jemandem gehört, für den man eine Kommode trägt. Ich stellte mir vor, dass sie die Kommode gerade auf dem Flohmarkt gekauft und dann ihren Freund angerufen hatte, damit er ihr beim Tragen half. Der Freund hatte den Sonntag eigentlich zum Sporttreiben in seiner grünen Jogginghose nutzen wollen, für sie dann aber seine Pläne auf halber Strecke geändert. Ich musste an Karl denken und daran, wie er bei meinem Einzug bereitwillig einen Karton nach dem anderen in den obersten Stock getragen hatte. Vielleicht ging es ja genau darum: jemanden zu haben, der manchmal seinen Plan für einen änderte und mit anfasste. Und dafür war es eigentlich egal, ob derjenige eine schrecklich grüne Jogginghose trug oder Prothesenfinger hatte. Ich beschloss, Karl gleich nach Dienstschluss anzurufen und wieder einmal bei ihm zu übernachten. Wir hatten uns schon über eine Woche nicht gesehen, weil ich die Abende im Krankenhaus oder mit Antonia verbracht hatte. Wir saßen rauchend in ihrer Wohnung, sie zeigte mir Fotos ihrer Bonner Kindheit oder wie man Lachs-Reibekuchen machte. Ich fragte nach Jens und sie erzählte mir geduldig alles, was sie wusste. Viel war das leider nicht, offenbar hatten die beiden vor allem Schach miteinander gespielt.

Dass ich zwischendurch meine Fahrgäste beobachten konnte, war eine Errungenschaft der letzten Wochen. Ich fuhr mittlerweile sehr sicher, und anstatt mich auf Tempobeschränkungen und Zebrastreifen aufmerksam zu machen, erzählte Reiner die meiste Zeit Witze. Nur auf die tageszeitspezifischen Besonderheiten musste er mich gelegentlich noch hinweisen, damit ich beispielsweise kein Rentner-Domino verursachte, also eine Vollbremsung kurz vor Ausstrahlung der *Tagesschau* oder des *Fernsehgartens*.

Wieso erzählst du eigentlich immer nur Ossi-Witze?, fragte ich Reiner, als er für den nächsten Luft holte.

In der DDR hat manch einer neun Monate für so einen Witz eingesessen, sagte er, man muss diese Witze erzählen, solange man kann.

Jetzt musste ich wirklich lachen. Das klang, als hätten sich die Witze in Reiner angestaut, und seit die Mauer gefallen war, purzelten sie nur so aus ihm heraus. Und sie würden auch noch zwanzig Jahre weiterpurzeln, davon war ich überzeugt, so lange, bis die Witze länger erzählt worden waren, als es die DDR gegeben hatte.

Wenn das so ist, sagte ich, erzählst du mir noch einen?

Nein, sagte Reiner, jetzt erzählst du mal einen.

Ich kenne keinen Witz, sagte ich.

Papperlapapp, sagte Reiner, jeder kennt einen Witz, denk nach.

Also gut, sagte ich. In einem Museum in Kairo ist der Schädel der Kleopatra ausgestellt. Daneben sieht man einen kleineren Schädel ohne Beschilderung. Ein Besucher erkundigt sich: Und wem gehörte dieser hier? Auch Kleopatra, lautet die Antwort, nur stammt der aus der Zeit, als sie noch ein Kind war.

Reiner lachte, aber ich war nicht sicher, ob über den Witz oder vielleicht über mich, weil ich nur harmlose Kinderwitze kannte.

Jetzt ich noch einen, sagte er. Mielke und Honecker reden über ihre Hobbys. Sagt Honecker: Ich habe ein sehr schönes Hobby, ich sammle Witze über mich. Sagt Mielke: Das ist ja ein Zufall, ich hab so ein ähnliches. Ich sammle die Leute, die diese Witze erzählen!

Ich lächelte pflichtbewusst, dann setzte sich der Name Mielke in meinem Kopf fest. Mielke hatte mitgeschrieben. Mielke hatte Geschichten gesammelt. Wenn jemand wusste, wer Jens um fünfzigtausend Mark betrogen hatte und was am 4. Oktober passiert war, dann Mielke. Er wusste mehr als meine Mutter und Antonia zusammen, wahrscheinlich sogar mehr als Jens selbst.

Pass auf!, rief Reiner plötzlich, und erst jetzt sah ich die rote Ampel, auf die ich viel zu schnell zufuhr. Ich bremste scharf und kam gerade noch rechtzeitig zum Stehen. Aus dem Fahrgastraum hörte ich es murren und schimpfen, auf dem Monitor waren jetzt keine Sonntagsgesichter, sondern nur noch zusammengezogene Augenbrauen zu sehen, und auch Reiner setzte seinen strengsten Blick auf.

Entschuldige, murmelte ich, ich war kurz in Gedanken.

Dabei waren mir die Blicke von Reiner und den Fahrgästen gerade ganz egal, ich musste unaufhörlich an Mielke denken.

An der Endhaltestelle stieg ich wie immer aus, um die Wendeschleife entlangzuspazieren und eine zu rauchen, während Reiner seinen Endhaltestellenschlaf hielt. Ich beeilte mich, die Zigarette zu drehen, nahm mein Telefon hervor und rief die Auskunft an.

Bitte verbinden Sie mich mit der Behörde, die sich um Stasi-Unterlagen kümmert.

Ich dämpfte meine Stimme, obwohl Reiner mich von hier aus mit Sicherheit nicht hören konnte. Die Frau am anderen Ende der Leitung stellte sich ausgiebig vor.

Ich möchte die Akte meines Vaters sehen, sagte ich, als sie fertig war.

Die Frau sagte Sätze, die vorgelesen klangen: Von Verfolgung durch das MfS betroffene Privatpersonen haben das Recht, jene Unterlagen einzusehen, die über sie angelegt wurden. Akteneinsicht durch Dritte ist nur unter sehr enger Zweckbindung möglich, beispielsweise wenn eine Person von öffentlichem Interesse ist oder die Akteneinsicht der wissenschaftlichen Forschung dient. Unsere Bearbeitungsfristen betragen ein bis drei Jahre. Per Dringlichkeitsantrag kann die Bearbeitungsfrist verkürzt werden.

Was sind Gründe für so einen Dringlichkeitsantrag?, fragte ich.

Rehabilitierungs- und Wiedergutmachungsverfahren, sagte sie. Als besonders eilbedürftig gelten auch Anträge von Menschen, die ein hohes Alter erreicht haben oder sehr krank sind.

Sie haben mir sehr geholfen, sagte ich und legte auf. Jens musste seine Akte selbst beantragen, und es musste schnell gehen. Karl konnte ich auch ein andermal anrufen.

HA II   Rostock, den 7.11.1989

<u>Eröffnung der Vermißtensache "Jens Borg"</u>

Der Bürger

Name: Jens Borg
Geb.: 5.3.1954
Beruf: Schmied
Kinder: 2 (soweit bekannt)
Aussehen: groß, schlank, aber kräftig gebaut

ist von seiner Freundin Astrid Haller vermißt gemeldet worden. Er steht im Verdacht, sich infolge anhaltenden Westsympathisantentums des ungesetzlichen Grenzübertritts schuldig gemacht zu haben, strafbar nach § 213 Abs. 2 des StGB.

Die Vermißtensache ist zu untersuchen, der Verdacht auf ungesetzlichen Grenzübertritt zu überprüfen.

Anhang: Vermißtenanzeige, aufgenommen von der Volkspolizei Rostock

gez. Selene
Oberleutnant

Die Volkspolizei Rostock, den 7.11.1989

Vermißtenanzeige

Der Bürger

BORG, Jens, geb. 1954, wohnh. in Kavelstorf,

wurde am heutigen Spätnachmittag von seiner Intimpartnerin

HALLER, Astrid, geb. 1961, wohnh. in Löcknitz,

als vermißt gemeldet. Ihr zufolge sei J bereits vor über einem Monat verschwunden, am 4. Oktober 1989. Sie schildert die Ereignisse wie folgt:

Am Morgen des 4. Oktober sitzen J und A am Küchentisch, und J kaut sein Frühstücksbrötchen auffallend langsam. Er schiebt die Bissen immer wieder von einer Wange in die andere, bevor er sie schließlich hinunterschluckt. Beim Schlucken macht er ein Geräusch, das laut A unmöglich dem besseren Hinunterschlucken dienen könne. Sie sagt, er mache dieses Geräusch immer dann, wenn er sie möglichst effizient über seine schlechte Laune in Konntnis setzen wolle. Daraufhin streiten die beiden an diesem Morgen heftig, und der Streit ist der Grund dafür, daß die A sich nicht weiter wundert, als J am Abend nicht nach Hause kommt. Erst am übernächsten Tag beginnt sie, sich Sorgen zu machen und alle Bekannten anzurufen. Das gestaltet sich schwierig, denn erstens verfügen nicht alle über einen Telefonanschluß, und zweitens sind diejenigen, die über einen Telefonanschluß verfügen, meistens nicht erreichbar. Es dauert also einige Tage, bis sie alle relevanten Kontaktpersonen erreicht. Sie ruft

sogar seine Mutter an, obwohl sie das Gegenteil eines guten Verhältnisses zu dieser "alten Ziege" hat. Da am Ende aber niemand über den Verbleib des J Auskunft geben kann, ist die A sich sicher, daß J Republikflucht begangen hat.
Beim Aussprechen des Wortes "Republikflucht" malt sie mit den Fingern Gänsefüßchen in die Luft und sagt, diese Bezeichnung halte sie eigentlich für unangebracht, da das Wort "Flucht" das Zurückweichen vor einer Bedrohung bedeute, J aber keiner Bedrohung ausgesetzt gewesen sei, denn eine anspruchsvolle Partnerin könne man wohl nicht als solche bezeichnen.
Ein paar Wochen nach seinem Verschwinden kommen ihr allerdings Zweifel, denn sie glaubt, J hätte ihr zumindest eine Postkarte von drüben geschrieben. Plötzlich beginnt sie, sich Sorgen zu machen, daß ihm etwas zugestoßen sein könnte, und beschließt also, eine Vermißtenanzeige aufzugeben. Diese liegt hiermit vor.

Einschätzung der Aussage

Daß das Schluckgeräusch tatsächlich Ursache des Streits war, darf bezweifelt werden. Vielmehr ist davon auszugehen, daß das Schluckgeräusch ein beliebiger Auslöser war und es genausogut um einen umgekippten Becher ~~Kaffee~~ Muckefuck oder etwas ganz anderes hätte gehen können. Hinzu kommt, daß laut A die 2jährige Tochter der beiden gerade zahnt und die Nacht nicht eben die erholsamste gewesen sein dürfte. Der Verdacht auf ungesetzlichen Grenzübertritt ist dennoch zu überprüfen. Es kann bereits festgehalten werden, daß der 4. Oktober 1989 ein Mittwoch war. Es kann außerdem festgehalten werden, daß es den ganzen Oktober über deutlich zu kalt war; die durchschnittliche Abweichung liegt laut den Aufzeichnungen des meteorologischen Dienstes der DDR bei -1,7 Grad Celsius.

gez. Selene

12

Nicht mal eine A4-Seite

Jens' Mund war halb geöffnet im Schlaf, auf seiner Stirn sammelten sich Schweißperlen. Ich setzte mich auf meinen Stuhl in der Ecke und schaute auf das Stillleben aus Bett, Tropfgestell und Vater. Anstelle eines Wasserglases stand inzwischen eine Schnabeltasse aus Plaste auf dem Nachttisch. Daneben lag ein Zettel, auf dem eingetragen wurde, wie viel Flüssigkeit Jens zu sich nahm, woraus sich wiederum ergab, wie viel Wasser ihm zusätzlich über die Kanüle im Handrücken zugeführt werden musste. Es wurde jeden Tag mehr. Ich formte einen Trichter aus meinen Händen, hielt ihn mir vor den Mund, blies Luft hinein. Ich versuchte, im selben Rhythmus in meinen Händetrichter zu pusten, in dem sich die Decke über Jens' Brust hob und senkte. Doch es gab keinen Rhythmus, den ich nachahmen konnte. Meine Handflächen wurden feucht, ich wischte sie mir an der Jeans ab und fragte mich, ob es in der Vatersache eigentlich noch irgendetwas zu entscheiden gab. Ich flößte Jens Tee ein, ich schnitt seine Nägel, ich wischte ihm den Schweiß von der Stirn. Vielleicht wäre das Antwort genug gewesen, wenn mir Antonia nicht schon ihre Geschichte erzählt hätte, die kein bisschen zu der meiner Mutter passen wollte.

Ich holte den Antrag hervor, den ich am Morgen bei Antonia ausgedruckt hatte, sobald sie aus dem Haus gewesen war. Ich hatte ihr vorläufig nichts von meinem Vorhaben erzählt. Ich trug Jens' Geburtsdatum, Vor- und Nachnamen in das Formular ein. Die Spalten, in die alle Wohnanschriften bis 1989 gehörten, musste ich leer lassen. Nicht mal eine A4-Seite konnte ich mit meinem Vaterwissen füllen. Ich überlegte, wie ich die fehlenden Adressen aus meiner Mutter herausbekommen könnte. Früher hatte ich mit solchen Fragen immer gewartet, bis sie einen Igel ins Waschbecken gelegt hatte. Wenn sie dann die Gartenhandschuhe anzog und das Tier lächelnd in einen Karton setzte, bekam der Igel einen Haufen Hackfleisch und ich, was immer ich wollte.

Unter *Gründe für besondere Eilbedürftigkeit der Bearbeitung* kreuzte ich *Sonstiges* an und schrieb *Krebs im Endstadium (noch max. drei Monate)* auf die dafür vorgesehene Linie. Ich bereute es sofort, denn Jens musste den Antrag ja noch unterschreiben. Als ich das Papier auf die Bettdecke legte, kam ich mir vor, als würde ich von ihm verlangen, seinen Namen in den eigenen Grabstein zu meißeln. Das Papier auf seiner Brust bewegte sich unregelmäßig auf und ab. Ich legte eine Hand auf seinen Arm.

Jens, flüsterte ich, wach auf.

Er drehte sich auf die andere Seite, dabei segelte der Antrag zu Boden. Ich hob ihn auf und legte ihn wieder vor Jens auf das Laken.

Es ist wichtig, sagte ich, du musst unterschreiben.

Jens wachte auf und sah mich mit weit aufgerissenen Augen an.

Ich fahre dein Bett hoch, sagte ich, im Sitzen schreibt es sich besser.

Ich drückte auf den Knopf und Jens' Oberkörper richtete sich mit dem brummenden Kopfende auf.

Hier unten rechts, sagte ich, zeigte auf den Antrag und hielt ihm den Stift hin. Jens sah mich an wie ein Kind, das nicht verstand. Ich legte den Stift in seine Hand, doch seine Finger wussten nichts damit anzufangen. Ich brachte sie in Schreibhaltung, formte sie, als wären sie aus Knete, aber er hielt den Stift nicht von selbst.

Nur die eine Unterschrift, sagte ich, hier unten rechts. Bitte.

Mit der Hand umschloss ich seine Finger, drückte leicht zu und führte sie zum Papier. Dabei beugte ich mich nah zu ihm, seine Bartstoppeln streiften kurz meine Wange, und ich roch, dass er auch keine Zahnbürste mehr halten konnte. Jens begann zu husten und zog seine Hand aus meiner, der Stift fiel herunter und rollte unters Bett. Ich kniete mich hin und hob ihn auf. Als ich wieder stand, sah ich, dass gelbliche Gallenflüssigkeit aus Jens' Mundwinkel auf das dünne Papier tropfte.

Nur die eine Unterschrift, fuhr ich ihn an, das muss doch noch gehen.

Dann drückte ich auf den roten Knopf am Kopfende seines Bettes, der im Schwesternzimmer die 307 aufleuchten ließ. Ich legte den Antrag auf den Nachttisch, mit einem Taschentuch tupfte ich vorsichtig die breiigen Flecken weg, aber das Papier war schon wellig und die Tinte verlaufen. *Krebs im End* stand da jetzt, und auch das Datum war unleserlich.

Ich hörte die Türklinke und drehte mich um, doch es kam nicht die Krankenschwester herein, um Jens die Galle wegzuwischen, sondern meine Mutter. Nach unserem letzten Telefonat hatte sie mir ein Buch geschickt, *Wenn Worte fehlen – Sterbebegleitung für Angehörige.* Ich hatte die Augen verdreht und mich trotzdem bedankt, ansonsten hatten wir nichts voneinander gehört. Jetzt trug sie ein grasgrünes Kleid unter dem Mantel, das ich noch nie an ihr gesehen hatte, und Absatzstiefel, die ich nur vom Stöbern auf dem Dachboden kannte. Sie sah schön aus, doch ihre Aufmachung passte nicht in dieses Zimmer und noch weniger in diesen Moment. Es passte auch nicht zu ihr, sich ausgerechnet für Jens so hübsch zu machen. Sie blieb in der Tür stehen und schaute Jens an, als wartete sie darauf, von ihm hereingebeten zu werden. Aber er suchte wieder mit den Augen die Wände ab und schien gar nicht zu bemerken, dass wir nicht mehr allein waren.

Er kann nicht mehr sprechen, sagte ich.

Meine Mutter nickte und machte ein paar Schritte in unsere Richtung, die mir seltsam wacklig vorkamen, vielleicht wegen Jens, vielleicht wegen der ungewohnten Schuhe.

Ich dachte, du willst ihn nicht sehen, sagte ich und schämte mich ein bisschen, dass ich das sagte, als wäre Jens gar nicht anwesend.

Man wird es sich ja wohl anders überlegen dürfen, sagte sie, zog den Mantel aus und setzte sich auf den einzigen Stuhl im Zimmer. Ich rutschte unruhig auf der Bettkante hin und her. Jens lag jetzt ganz ruhig da und blickte auf die gelbe Wand, in seinen Mundwinkeln klebten noch immer Reste von Erbrochenem. Ich sah zu meiner Mutter, die auf dem Stuhl saß, auf dem auch ich gesessen hatte, als ich das erste Mal ins Krankenhaus gekommen war. Ich dachte daran, dass ich gerne kurz mit Jens allein gewesen wäre.

Soll ich rausgehen?, fragte ich.

Nein, sagte sie.

Ich versuchte, ihrem Gesicht zu entnehmen, wie es für sie sein mochte, den Mann wiederzusehen, der vor neunzehn Jahren verschwunden war. Sie schaute ganz ruhig auf Jens, mit etwas Neugierde vielleicht, wie durch eine einseitig verspiegelte Scheibe. Jens schaute nicht zurück, die Krankheit hatte seine Seite der Scheibe verspiegelt. Er hatte die Augen geschlossen, aber das sagte schon eine Weile nichts mehr darüber aus, ob er schlief oder wach war, die Krankheit verwischte die Unterschiede. Aus Essen und Trinken war ein Schlauch geworden, die Wörter waren zusammengeschrumpft auf die immer gleichen unverständlichen Silben, Wachen und Schlafen waren einem dauerhaften Dämmern gewichen. Ein Tag war nicht mehr nur ein Tag, ein Tag war entweder ein Tag, an dem Jens genauso viel beherrschte wie am Vortag, oder ein Tag mit neuen Degenerationserscheinungen. Eine Woche war nicht mehr nur eine Woche, eine Woche war entweder eine ungünstige Woche mit Tagesschichten, sodass ich Jens nur spätabends besuchen konnte, oder eine günstige Woche mit Nachtdiensten.

Antonia meint, dass Jens im Oktober '89 verhaftet wurde, sagte ich.

Meine Mutter hob die Augenbrauen.

Soso, sagte sie.

Sie sagt, als Musiker habe er unter Bewachung gestanden.

Meine Mutter schlug die Beine übereinander und sah mich an.

Ich kann dir nur erzählen, was ich weiß, sagte sie. Jens ist damals abgehauen. Soweit ich weiß, haben Antonia und ihre Mutter da schon im Westen gelebt und keinen Kontakt mehr zu ihm gehabt. Aber ich war hier, mit Jens zusammen, jeden Tag. Du musst selber wissen, ob du an die Märchen glauben willst, die im Nachhinein bequemer sein mögen als die Wahrheit.

Ich schaute zu Boden, ich fühlte mich ertappt. Denn tatsächlich war ich drauf und dran, mich in Antonias Geschichte einzurichten.

Um die Märchen von der Wahrheit zu unterscheiden, sagte ich und deutete auf den Antrag, habe ich das hier besorgt, Jens muss nur noch unterschreiben.

Meine Mutter ging um das Bett herum, nahm das Papier vom Nachttisch, las es durch, sah mich an. In ihren Augen lag auf einmal eine Schärfe, die mir unbekannt war. Obwohl sie das noch nie getan hatte, hielt ich es kurz für möglich, dass sie mir eine scheuerte.

Das ist Urkundenfälschung, sagte sie, das ist strafbar.

Ich will doch nur herausfinden, was wirklich passiert ist, sagte ich.

Aber doch nicht so, sagte sie. Jeder muss für sich entscheiden, ob er diesen Unfug lesen will.

Sie riss den Antrag vier Mal durch und ließ die sechzehn kleinen Papierfetzen aufs Laken segeln. Hundertsiebzig Kilometer lagen zwischen der Uckermark und Berlin, und auch wenn jetzt nur Jens zwischen uns lag, hatte sich der Abstand nicht verringert.

Versprich mir, dass du das sein lässt, sagte sie und ich versprach es. Sie sah noch einmal auf den dämmernden Jens hinab, nahm ihren Mantel und drückte mir einen Kuss auf die Wange. An der Tür blieb sie stehen und drehte sich zu mir um.

Übrigens, sagte sie, wenn du dir sicher bist, dass das Bahnfahren das Richtige für dich ist, dann ist das in Ordnung für mich.

Über diesen Satz war ich so erstaunt, dass ich nur kurz nickte. Wie es zu diesem Sinneswandel kam, hätte ich meine Mutter fragen wollen, aber ich hörte nur noch das leiser werdende Klackern ihrer Absatzstiefel im Flur.

Ich setzte mich auf meinen Stuhl in der Ecke, ich sah aus dem Fenster und wurde unruhig. Was, wenn das Bahnfahren gar nicht das Richtige war? Was, wenn es zwar das Richtige war, sich das Nürnberger Modell aber durchsetzte? Und was, wenn das Mietshaus, in dem ich wohnte, genauso überraschend einstürzte, wie die Mauer gefallen war? Was, wenn die Linien auf meinem Stadtplan ihre Gültigkeit verloren und die Straßen umbenannt wurden, und was, wenn Karl wirklich nach Australien ging?

Dann kam endlich eine Krankenschwester, wischte Jens die Mundwinkel sauber und mir die Gedanken an zukünftige Wahrscheinlichkeiten fort.

Kann man nicht etwas gegen seinen Mundgeruch tun?, fragte ich.

Sie können ihm die Zähne putzen, sagte sie, ich zeige es Ihnen.

13

Von Gebäuden, die es nicht gibt

Antonia hatte meine Fragen beantwortet, so gut sie konnte. In den letzten zehn Tagen hatten wir viel Zeit miteinander verbracht; an einem Abend strichen wir ihre Wohnung, am anderen besuchten wir Jens im Krankenhaus und aßen hinterher Chinapfanne. Und dabei erzählte Antonia, was sie von Jens wusste: wie er seine Firma in den Ruin getrieben und welche Aushilfsjobs er in den letzten Jahren gemacht hatte, wo er sein Bier trank und wie er mit einem Damenopfer selbst die aussichtslosesten Schachpartien noch gewann. Das Haar im Mund war davon nicht verschwunden. Ich fragte immer weiter, bis ihre Antworten kürzer wurden, bis sie irgendwann sagte: Ich habe dir alles erzählt, was ich weiß; bis sie sagte: Was willst du eigentlich. Darauf hatte ich keine Antwort, jedenfalls keine, die ich Antonia geben wollte. Wie hätte sie, die sie problemlos zwei Väter haben konnte, verstehen sollen, dass ich mich nicht mal mit dem Gedanken an einen anfreunden konnte. Wir gehen jetzt dahin, wo die Vergangenheit hingehört, hatte Antonia schließlich gesagt, als ich wieder nach Details aus Jens' Leben fragte.

Geschichte zum Anfassen stand auf der Eingangstür des DDR-Museums. Alle zwei Meter hing ein Schild an der Wand; *Diebstahlschutz durch Videoüberwachung mit Aufzeichnung* stand darauf. Wir konnten einen Trabi starten und in einem orange-braun tapezierten Wohnzimmer sitzen, wir konnten Stasi-Akten lesen und mit Kopfhörern die Museumsbesucher im nächsten Raum belauschen. Wir stellten uns vor die Vitrinen und schauten uns das Leben an, das unsere Eltern offenbar einmal gehabt hatten. Ich sah die Stasi-Wanzen und die Grenzermützen und die Alumünzen, und bei nichts von alldem kam Erinnerung auf, Erinnerung an eine Erzählung meiner Mutter oder an ein Foto von damals. Das hinter den Vitrinen war eine andere DDR als die, von der meine Mutter erzählt hatte, manchmal, zwischen den Zeilen. In den Vitrinen gab es keinen Garten hinterm Haus und keine Zinkwanne, in der Kinder badeten, im Sommer. Es fehlte der Geruch nach Quasi-Feinwaschmittel und das Klingeln der Kasse im Dorfkonsum, an das ich mich noch erinnern konnte, denn der Konsum hatte erst Mitte der Neunziger geschlossen.

Wenn ich die Namen der Mauertoten lese, sagte Antonia, dann möchte ich nichts zu tun haben mit all denen, die sagen, dass sie damals ein gutes Leben hatten.

Ich wollte entgegnen, dass meine Mutter damals ein gutes Leben hatte, dachte dann aber, dass das in dieser Schlichtheit sicher nicht stimmte.

Wegen dieser Mauer und ihren Toten, sagte Antonia, bin ich ohne Jens aufgewachsen.

Das ist Quatsch, sagte ich, du bist wegen Jens ohne Jens aufgewachsen, so wie ich auch wegen Jens ohne Jens aufgewachsen bin.

Antonia lachte und wuschelte mir durchs Haar. Die Geste einer großen Schwester, dachte ich, und dass solche Gesten in Kauf zu nehmen waren, wenn man zu einer Familie gehören wollte.

Hatte Jens damals ein gutes Leben?, fragte ich.

Nein, sagte Antonia und starrte auf die Miniaturnachbildung eines FKK-Strandes, als wollte sie noch etwas hinzufügen. Ich starrte auch auf die nackten Figuren. *Wer am Strand nicht die Hüllen fallen ließ, galt als Außenseiter* stand daneben.

Antonia fügte nichts hinzu. Ihr Schuldiger war zu Fall gebracht, seine Überreste waren unter dem Berliner Ring begraben. Antonia brauchte sich nicht an ihm zu rächen, das hatte die Historie für sie getan.

Als Grund für eine vaterlose Kindheit, sagte ich, reicht mir das bisschen Beton nicht.

Antonia wandte ihren Blick von den nackten Miniaturbadenden ab und sah mich an.

Das bisschen Beton, wiederholte sie. Du bist vielleicht noch ein bisschen zu jung, um dir vorstellen zu können, was das bisschen Beton bedeutet hat.

Antonia ging in den nächsten Raum, ich blieb noch einen Moment vor der Vitrine stehen. Die Erinnerungen, dachte ich, sind nicht für die gemacht, die damals gelebt haben. Hier werden künstliche Erinnerungen produziert. Für Menschen, die nicht dabei waren. Für Menschen wie mich. Dennoch wurde ich den Eindruck nicht los, in diesem Museum fehl am Platz zu sein. Ich gehörte nicht in die Vitrinen, aber auch nicht davor. Dass mir alles so absurd vorkam, lag vielleicht an der Vorstellung, meine Mutter stünde vor dieser Vitrine mit dem FKK-Strand. Als würde Kleopatra ihren eigenen Schädel im Museum besichtigen. Und ich war Kleopatras Tochter, die den Schädel ihrer Mutter besichtigen konnte, obwohl die Mutter noch lebte. Auf einer anderen Tafel stand, dass die filterlose Zigarette

Karo in der DDR als die Zigarette der Unangepassten, der Intellektuellen und Künstler gegolten habe. Aber da stand nicht, ob Jens Karo geraucht hatte. Ein Trabi, ein orangebraunes Wohnzimmer, ein Miniaturstrand – das konnte doch nicht alles sein, was das kollektive Gedächtnis, auf das ich angewiesen war, zu bieten hatte.

Am Ausgang holte ich Antonia ein. Ich blickte dem Kassierer über die Schulter, sein Bildschirm war in acht Quadrate aufgeteilt, auf denen ich die anderen Museumsbesucher wiedererkannte.

Ist das nicht absurd, sagte ich, dass sie hier Stasi-Wanzen ausstellen und uns gleichzeitig filmen?

Heute wissen wir aber, dass wir gefilmt werden, sagte Antonia.

Das wusste man damals auch, sagte ich.

Du klingst wie eine von denen, die sagen, dass sie damals ein gutes Leben hatten, sagte Antonia.

Eine halbe Stunde später erklärte der Touristenführer, dass uns der Fahrstuhl innerhalb von vierzig Sekunden auf 203,78 Meter befördern würde, in die Aussichtsetage des höchsten Gebäudes Deutschlands, dessen Gesamthöhe, Antennenspitze eingerechnet, 368,03 Meter betrug. Dann erklärte er uns dasselbe noch auf Englisch, Französisch und Spanisch, mit dem letzten Satz in der vierzigsten Sekunde glitten die Fahrstuhltüren auseinander, und wir betraten die Aussichtskugel. Antonia legte den Arm um meine Schultern und schob mich ans Geländer.

Ich habe gehört, dass ein höheres Gebäude als der Fernsehturm gebaut werden soll, sagte ich, ein riesiger Bürokomplex, glaube ich. Und da unten, dort stand der Palast der Republik. Da soll das preußische Stadtschloss wiederaufgebaut werden, da, wo die Kräne stehen.

Antonia lachte.

Wir gucken auf eine Stadt, die vor Bauwerken nur so überquillt, sagte sie, und du redest von Gebäuden, die es nicht gibt.

Es sind die einzigen, die ich mit Namen kenne, sagte ich.

Antonia zeigte nacheinander auf die Gebäude, die sie mit Namen kannte und die es alle gab. Wenn sie eines nicht kannte, las sie auf den Beschriftungen unterhalb des Geländers nach. Mich interessierten die existierenden Gebäude nicht so sehr wie die verschwundenen. Von hier oben kam mir Berlin vor wie ein einziger großer Friedhof, ein Epochenfriedhof. Nur herrschte keine Totenstille, und die Epochen waren auch nicht richtig tot. Sie trugen ihren letzten Kampf aus, einen Kampf um das schönste und größte Grab. Die Front verlief über den Alexanderplatz, wo das Preußentum der DDR gerade das Grab streitig machte.

Es müsste einen Stadtplan geben, sagte ich, auf dem eingezeichnet ist, was es nicht mehr gibt.

Was es nicht mehr gibt, sagte Antonia, passt nicht auf einen einzigen Stadtplan. Aber hier oben passt ganz Berlin in eine einzige Aussicht.

Das stimmte nicht, von hier oben war der Maßstab verzerrt und die Gebäude verdeckten einander. Aber ich widersprach Antonia nicht, ich wollte etwas ganz anderes besprechen. Ich wartete, bis ihr kein intaktes Gebäude mehr einzufallen schien, dessen Namen sie mir beibringen konnte.

Weißt du, wo die Magdalenenstraße ist?, fragte ich.

Nein, wieso?

Da war die Stasi-Zentrale, da hatte Mielke sein Büro. Warst du da schon mal?

Nein, wieso, sagte sie noch mal, wieso sollte ich?

Sie steckte die Hände in die Hosentaschen. Ich gab mir große Mühe, nicht an die 203,78 Meter zu denken, die mich vom Boden trennten.

Ich möchte Jens' Stasi-Akte beantragen, sagte ich, und dafür brauche ich deine Hilfe.

Antonia schaute mich irgendwie rechtwinklig an, wie ein Würfel, bei dem man nicht wusste, wie er fallen würde.

Akteneinsicht durch Dritte ist nämlich nur möglich, sagte ich, wenn die Person von öffentlichem Interesse ist oder das Ganze der wissenschaftlichen Forschung dient. Du könntest doch ein Forschungsprojekt angeben, für das du Einsicht in seine Akte brauchst. Dir glaubt man das, weil du an der Uni arbeitest. Ein Forschungsprojekt zum Thema *Schmied: ein Beruf im Wandel der Zeit*. Oder so ähnlich, da fällt uns schon was ein.

Antonia stand reglos vor mir und musterte mich.

Du spinnst ja, sagte sie leise, du spinnst ja noch viel mehr, als ich dachte.

Dann lachte sie. Ich wusste nicht, ob sie mir damit zustimmte oder einen Vogel zeigte. Als sie sich gefangen hatte, sah sie nachdenklich an mir vorbei und kaute dabei auf der Unterlippe.

Ich wüsste auch gerne, was da drinsteht, sagte sie. Wobei ich noch viel lieber lesen würde, was in der Akte meiner Mutter über ihr Berufsverbot steht.

Vielleicht können wir die Akte deiner Mutter gleich mitbeantragen, sagte ich. Jens' Akte ist jedenfalls unsere letzte Möglichkeit, ihn besser kennenzulernen.

Antonia nahm die Hände aus den Hosentaschen und verschränkte die Arme vor der Brust.

Du tust ja fast so, als wäre er schon tot.

Sie schüttelte den Kopf.

Nein, sagte sie und klang plötzlich sehr entschlossen, da mache ich nicht mit. Wenn Jens seine Akte nicht beantragen und uns nicht zeigen will, dann ist das sein gutes Recht.

Aber wir wissen fast nichts über ihn, sagte ich.

Ich weiß alles, was ich wissen muss, sagte Antonia. Ich habe dir gesagt, was damals passiert ist, und wenn du mir nicht glaubst, ist das dein Problem.

Nur diesen einen Antrag.

Hör auf damit, Jens wird sterben, verstehst du?

Bitte.

Antonia schaute nach rechts und links und beugte sich zu mir vor.

Selbst wenn du recht hast und es ein großes Geheimnis gibt, sagte sie, was ändert das? Findest du, das Sterbebett ist ein guter Ort für Rechtfertigungen? Wirklich, manchmal bereue ich, dass ich Jens überredet habe, dich anzurufen.

Jetzt spürte ich deutlich die 203,78 Meter die mich vom Erdboden trennten. Ich schaute aus dem Fenster, wie um mich am Horizont festzuhalten, doch davon wurde mir noch schwindliger.

Lass uns runterfahren, sagte ich.

Gute Idee, sagte Antonia.

Es waren sehr lange vierzig Fahrstuhlsekunden.

Meine Heizung funktioniert wieder, sagte ich, ab heute kann ich wieder bei mir schlafen.

Sehr gut, sagte Antonia, ich brauche auch mal wieder Zeit für mich.

14

Weil es nichts anderes mehr zu tun gab

Ich kam von einer Spätschicht auf der M10 und lief die Bernauer Straße entlang. Seit zwei Nächten schlief ich nun wieder zu Hause, ich war müde und freute mich auf mein eigenes Bett. Auf Höhe des Krankenhauses blieb ich stehen. Auf dem Balkon im dritten Stock stand eine der Krankenschwestern und genehmigte sich eine Zigarette, die weißen Rauchschwaden waren deutlich zu erkennen. Dort oben war schon alles vorbereitet für den nächsten Tag, die Frühstückswagen standen mit abgezähltem Besteck vor der Küche, die Schmutzwäsche lag im Keller und die Tablettenbecher waren aufgefüllt. Die Glut der Zigarette glimmte im Dunkeln auf, es war die Zigarette, die man rauchte, weil es nichts anderes mehr zu tun gab. Solch eine Zigarette, so kam es mir vor, hatte ich schon lange nicht mehr geraucht. Ich kramte meinen Tabak hervor und drehte mir eine. Als ich wieder hochschaute, war die Krankenschwester verschwunden. Ich zählte vier Fenster nach links ab, bei Jens brannte kein Licht mehr. Ich sah eine Weile auf das dunkle Viereck, hinter dem er lag, mit der Kanüle im Handrücken, die ihn langsam, aber stetig mit Schmerzmitteln versorgte. Wenn es denn noch Jens war, der da oben im Bett lag, und nicht nur ein zu fütternder Mund und eine abzuwischende Stirn, ein morphingetränkter Körper, gerade so noch funktionstüchtig. Vielleicht waren schon die Sätze auf dem Anrufbeantworter nur der Kanüle geschuldet gewesen, vielleicht hatte mich mehr das Morphium angerufen als Jens. Und vermutlich gab es überhaupt keine Geschichte, die er mir hatte erzählen wollen; vermutlich hatte er nur ausnahmsweise den Rat seiner ältesten Tochter befolgt. Ich kannte Antonias Version, ich kannte die Erzählungen meiner Mutter, ich hatte den Antrag auf Akteneinsicht stellen wollen. Ich hatte alles versucht und war kein Stück weitergekommen.

Ich lehnte mich an die Mauer, der Beton war kalt am Rücken, kälter als die Luft, das konnte ich sogar durch meine Jacke spüren. Mistding, dachte ich, steht hier rum und vereist mir den Rücken, statt mir zu erzählen, welche Rolle sie in Jens' Leben gespielt hat und was passiert ist in jenen Wochen, bevor sie fast vollständig in ihre Einzelteile zerlegt und eine Autobahn aus ihr gemacht wurde. Ich musste kurz auflachen darüber, dass ich mit dem Beton sprach, als könnte er mir mehr erzählen als Jens. Die Wahrscheinlichkeit war etwa gleich klein, dass mir einer von beiden antworten würde.

Ich fühlte mich wieder hellwach und hatte plötzlich Lust, Karl zurückzurufen, der schon seit ein paar Tagen Anrufe in Abwesenheit auf meinem Telefon hinterließ. Karl würde antworten, wenn ich ihn etwas fragte. Er würde sein verschmitztes Grinsen aufsetzen und mir von seinem Tag erzählen, von schlecht eingestellten Ampelschaltungen und laut geifernden Fahrgästen. Dann würde er seine Hände unter mein Nicki schieben und wir würden alles eine Weile vergessen. Ich drückte die Zigarette an der Mauer aus und rief ihn an.

Meine Wohnung hatte Außentemperatur, ich drehte die Heizung auf die höchste Stufe. Der Boiler war ausgeschaltet und würde nicht schnell genug aufheizen, damit ich noch vor Karls Ankunft duschen konnte, also entschied ich mich für Katzenwäsche, ging in die Küche und setzte den Wasserkocher auf. Ich holte Waschlappen, Handtuch und Shampoo, mischte das dampfende Wasser im Spülbecken mit kaltem, zog mich aus. Am meisten fror ich an den Füßen, wo die Fliesen alle Wärme aus meinem Körper sogen.

Als ich das letzte bisschen Shampoo aus meinen Haaren gespült hatte, war mir so kalt, dass meine Lippen blau angelaufen waren. Als Kind war das immer der Zeitpunkt gewesen, an dem meine Mutter kein Pardon mehr gekannt und mich unter Androhung von Taschengeldentzug aus den Badeseen kommandiert hatte. Es war mir ein Rätsel, wie ich damals freiwillig so lange im Wasser hatte bleiben können. Wenn ich zu Hause immer noch mit den Zähnen klapperte, hatte mich meine Mutter mit einer Wärmflasche ins Bett gesteckt und die Decke um mich herum festgestopft, sodass nur noch mein Kopf herausschaute und ich die Arme nicht mehr rühren konnte; *eine Stopfwurst machen* nannten wir das.

Eine Wärmflasche hatte ich nicht, aber ein Bett, also zog ich mir Nicki und Unterhose an und kroch unter die Decke. Ich versuchte, eine Stopfwurst zu machen, musste aber feststellen, dass das alleine nicht ging, jedenfalls nicht, wenn die Arme auch unter der Decke sein sollten. Es klingelte, und bis ich beim Türöffner angekommen war, waren meine Füße erneut eiskalt. Ich ließ die Wohnungstür einen Spalt offen und legte mich wieder ins Bett.

Karl hatte die Schultern bis an die Ohren gezogen und die Hände tief in den Manteltaschen vergraben, als er ins Zimmer kam.

Es ist saukalt bei dir, sagte er, setzte sich auf die Bettkante und strich mir über den Kopf.

Kannst du eine Stopfwurst aus mir machen?, fragte ich.

Karl sah mich irritiert an und mir tat leid, ihn das gefragt zu haben, schließlich hatte er nie Eltern gehabt, die eine Stopfwurst aus ihm hätten machen können, woher hätte er wissen sollen, was das war.

Vergiss es, sagte ich, leg dich lieber zu mir.

Karl streifte die Schuhe ab und zog sich aus. Als er sich zu mir legte, schwappte eisige Luft unter die Decke.

Wie war dein Tag?, fragte ich und kam mir sofort albern vor, diese pärchenhafte Frage zu stellen. Aber Karl schien das gar nicht seltsam zu finden. Er legte seinen Arm um mich; seine Hände waren noch kälter als meine Füße.

Ich habe ein neues Spiel gelernt, sagte er, von zwei Kindern in der Bahn. Es heißt Kategorienspiel und geht so: Man einigt sich beispielsweise auf die Kategorie Autos und sagt im Wechsel so lange eine Automarke, bis einer nicht mehr weiterweiß. Der hat dann verloren. Spielen wir eine Runde?

Okay, sagte ich, aber ich bestimme die Kategorie: Ostlieder.

Da habe ich ja keine Chance, sagte Karl.

Genau, sagte ich.

Karl lachte und sein ganzes Gesicht legte sich in Fältchen.

Also gut, sagte er, aber ich fange an: Geh zu ihr.

Solo Sunny.

Du hast den Farbfilm vergessen.

Als ich fortging.

Wenn ein Mensch kurze Zeit lebt.

Das Lied heißt *Wenn ein Mensch lebt,* sagte ich, du hast verloren.

Noch eins hätte ich eh nicht gewusst, sagte Karl.

Er stützte den Kopf in die Hand und sah mich an.

Wie geht es eigentlich deinem Vater?, fragte er.

Darüber spricht er nicht so gern, sagte ich und grinste, doch aus Karls Gesicht waren alle Lachfältchen gewichen.

Nächsten Monat ist wieder Todestag, sagte er. Wie begeht man so was, was macht man an so einem Tag?

Plötzlich sah er wie ein kleiner Junge aus, dem man mal wieder die Haare kämmen müsste. Meine Haare klebten nasskalt am Kopf, ich rutschte ein Stück weiter unter die Decke.

Was hast du in den letzten Jahren gemacht?, fragte ich.

Karl legte den Kopf aufs Kissen und rückte ein Stück an mich heran.

Da habe ich im Zug gesessen oder auf dem Beifahrersitz eines Lasters, sagte er, ich war eigentlich immer auf Reisen.

Und diesmal willst du nicht reisen?, fragte ich.

Weiß nicht, sagte Karl und schob seinen Unterschenkel zwischen meine.

Ich wusste, dass das eine Frage war, nämlich ob wir den Todestag seiner Eltern zusammen verbringen könnten, aber ich war mir nicht sicher, ob ich das unserem Verhältnis angemessen fand. Also sagte ich nichts und strich ihm kurz über den Arm. Seine Hände waren noch immer nicht richtig warm, aber sein Atem wurde langsamer und ruhiger. Ich dachte daran, dass ich nächstes Jahr auch einen Todestag zu begehen haben würde, und dass ich dann vielleicht froh wäre, wenn da ein Karl wäre, mit dem man einen solchen Tag verbringen konnte.

Sollen wir was zusammen machen?, fragte ich leise.

Aber Karl antwortete nicht. Er war einfach eingeschlafen. Es war vielleicht das fünfte oder sechste Mal, dass wir eine Nacht miteinander verbrachten, und es war noch nie vorgekommen, dass wir nicht miteinander schliefen. Ich sah sein friedliches Gesicht an, die zuckenden Augenlider, den leicht offen stehenden Mund. Wir sind nicht mehr als eine nächtliche Bedarfsgemeinschaft, dachte ich, eine Bedarfsgemeinschaft aus Elternlosigkeit, die einander Prothesen um die Schultern legt, wo keine Arme mit Körpertemperatur zu haben sind. Diese Elternsache bekam ohnehin schon zu viel Platz in meinem Leben, und jetzt war sie auch noch der Grund dafür, dass Karl und ich hier nebeneinanderlagen, genau so zufällig, wie zwei Verunglückte in demselben Krankenhauszimmer lagen. Ich sah ihn eine Weile an und wünschte mir, er würde nicht hier liegen. Irgendwelche elternunabhängigen Lebensbereiche musste es schließlich geben, man konnte doch nicht alles, was man tat, nur tun, weil das mit den Eltern war, wie es eben war. Langsam wurde es warm unter der Decke.

Als ich am nächsten Tag von meiner Schicht kam, spazierte ich über den Flohmarkt. An einem Stand entdeckte ich eine Australienkarte und sah mir an, wo Victor Harbor lag. Ich überlegte, die Karte für Karl zu kaufen. Doch dann dachte ich daran, wie er am Morgen, ohne mich zu fragen, meine Zahnbürste benutzt und dann gesagt hatte, er nähme mich einfach mit, falls er nach Australien ginge. Dass ich vielleicht überhaupt nicht nach Australien wollte, schien in der Ergebnismenge seiner Wahrscheinlichkeitsrechnung gar nicht vorzukommen. Aber ich hatte trotzdem gelächelt, ich hätte nicht zu sagen gewusst, was ich stattdessen wollte.

Ich ging von Stand zu Stand und fühlte ein aufkommendes Unwohlsein. Ich musste an eine Geschichte denken, die meine Mutter mir oft erzählt hatte. Meine Großeltern hatten die DDR auf internationalen Messen vertreten und verschiedene Produkte ins Ausland verkauft. Das war eine wichtige Sache, die DDR brauchte Devisen. Bei der ersten Messe handelten sie mit Plauener Spitze, schöne Stücke waren das, bestickte Plissees und Luftspitzengardine als Meterware. Meine Großeltern und ihre Kollegen waren nicht vorbereitet darauf, dass Preise verhandelbar sind. Die Wessis handelten sie runter bis aufs Blut, und meine Großeltern verkauften die guten Stücke zu einem Spottpreis. Diese Demütigung hatten sie ihren Lebtag nicht vergessen, und ich spürte die Demütigung jedes Mal, wenn ich über einen Flohmarkt ging. Ich sah mir die vielen Leute an, Leute, die so alt waren wie ich. Sie drängelten sich von Stand zu Stand und suchten nach etwas, von dem sie wohl selbst nicht wussten, was es war. Wahrscheinlich hatten sie gläserne Kronleuchter an den Zimmerdecken und mahlten ihren Kaffee jeden Morgen mit einer quietschenden, weil ungeölten Kaffeemühle. Und sicher hatten sie Radios in ihren Küchen, die so groß waren wie der Kühlschrank. Ich fragte mich, warum diese Leute in einem Museum wohnen wollten, ob sie vielleicht mehr im letzten Jahrhundert lebten als die Leute, die im letzten Jahrhundert gelebt hatten. Doch irgendwie wollte ich mich ihnen heute zugehörig fühlen, also kaufte ich, ohne um den Preis zu feilschen, eine alte Schreibmaschine.

HA II

Gesinnung des J

Die erneute Befragung der A gab zwar keinen Aufschluß über den genauen Hergang und eventuelle Mitwisser von Js ungesetzlichem Grenzübertritt, dafür aber über die Gesinnung der Zielperson.

Die A sagt, es sei bei dem Streit am Morgen des 4. Oktober um Zuverlässigkeit gegangen. Sie sagt auch, dieses Wort treffe so selten auf J zu wie "vorhanden" auf Material für ein neues Meerschweinchengehege. Zur Beweisführung berichtet die A von einer Begebenheit, die sich am internationalen Kampf- und Feiertag der Werktätigen für Frieden und Sozialismus des Jahres 1988 zutrug:

Die A öffnet die Tür ihrer Wohnung. Sie trägt eine Bluse mit einer roten Nelke im Knopfloch und hat das sieben Monate alte Baby auf dem Arm. J küßt beide zur Begrüßung auf die Stirn und sagt, er habe seinen Schlüssel vergessen und deshalb klingeln müssen. A fragt, ob er wisse, was heute für ein Tag sei. Sie knöpft die Bluse auf, nimmt ihre Brust heraus und beginnt, das Baby zu stillen. Es sei der 1. Mai, sagt sie, und sie seien in Rostock am Thälmann-Denkmal verabredet gewesen, ob er sich daran erinnern könne. J geht zum Wartburg und holt eine schöne Zinkwanne aus dem Kofferraum. Sie ist dunkelblau angestrichen und mit fischähnlichen Mustern versehen. J stellt die Zinkwanne zwischen sich und die A auf den Boden. Er sagt, er habe lieber eine Badewanne für seine Tochter hergestellt, als seine selbstverständliche Berufstätigkeit zu feiern. Die A seufzt und packt ihre Brust wieder ein, auf der Bluse bleibt ein feuchter Fleck zurück. Es sei ja schön, daß er so hübsche Fischmuster malen könne, sagt sie, aber Johanna würde sich bestimmt mehr über seine Anwesenheit freuen. Außerdem sei die Wanne viel zu groß, da könne er seine Tochter geradesogut ertränken.

Sicher läßt das Verhalten des J auf eine gewisse Verrücktheit seiner Person schließen. Es muß jedoch festgehalten werden, daß die Zinkwanne zu einem späteren Zeitpunkt, wenn die Tochter größer ist, einmal sehr praktisch sein wird, da man sie in die Dusche stellen und als Badewanne nutzen kann. Das vergißt die A bei ihrer Bewertung.

Auch am Morgen des 4. Oktober hält sie J wiederholt die Sache mit der Zinkwanne vor (die Zinkwanne ist über die Jahre zu einem geflügelten Wort geworden, die A muß nur noch "Zinkwanne" sagen, und J weiß, daß es wieder ein Problem wegen seiner Unzuverlässigkeit gibt). Sie streiten über Uhrzeiten, zu denen man zu Hause zu sein hat, und über Aufgaben, die von erwachsenen Menschen problemlos zu erledigen sein sollten. Daß die beiden streiten, an diesem Morgen oder einem anderen, ist nichts Ungewöhnliches. J und A pflegten schon immer viel und heftig zu streiten, am häufigsten darüber, ob sie auf den Hof von Js Eltern ziehen sollten. Das sei immer wieder thematisiert worden, da es zwischen J und seinem Vater eine Abmachung gegeben habe, schon seit der POS, nämlich daß ihm zum 35. Geburtstag die Schmiede überschrieben werde. Nur deshalb habe sich J überhaupt für den Beruf als Schmied entschieden. Zum Zeitpunkt von Js Verschwinden ist sein 35. Geburtstag ein halbes Jahr her, und der Vater hat nichts dergleichen getan. Die Nichteinhaltung der Abmachung habe der

Vater nicht erklärt, die Mutter hingegen habe einmal gesagt, daß Js unstetes Leben und seine Weibergeschichten die Ursache seien. Wenn er es nicht einmal hinbekäme, eine Frau auf den Hof zu holen, wie solle er dann einen Betrieb leiten, habe sie gesagt. Die A habe allerdings nie auch nur daran gedacht, zu der alten Ziege und ihrem Mann auf den Hof zu ziehen, weshalb dies der häufigste Streitgrund gewesen sei.

Doch auch ohne diese Konflikte hätten J und die A genug Streitanlässe gefunden, sie haben sich sogar streitend kennengelernt.

Im Januar 1984 fährt J mit seinem Wartburg über die Fernverkehrsstraße Richtung Berlin und nimmt eine Anhalterin namens Astrid mit. Schnell stellt sich heraus, daß sie dasselbe Ziel haben: den Palast der Republik, wo das Musikfestival "Rock für den Frieden" stattfindet. Sie sitzen noch keine zehn Minuten nebeneinander, als sie bereits über den bestmöglichen Weg nach Berlin streiten. Als sie am Abend ankommen, gibt es gleich neuen Diskussionsstoff: Die aus dem nichtsozialistischen Ausland stammende Band BAP ist am Vorabend des Konzerts abgereist, da sie einen Titel aus dem Programm streichen sollten und dazu nicht bereit waren. J und A streiten darüber, ob die Abreise der Band richtig oder falsch war. A ist der Meinung, darunter würde nun allen voran das Publikum leiden, das die Band nicht zu hören bekäme. Sie hätten ja auch zum Schein einwilligen und das verbotene Lied dann trotzdem spielen können. J hingegen vertritt die Ansicht, BAP habe alles richtig und "denen da oben klargemacht, daß es so nicht geht". A weicht nicht von ihrer Haltung ab und findet, weggehen sei keine Lösung.

Die A sagt aus, daß J schon häufig davon gesprochen habe, im NSA ein berühmter Musiker zu werden. Sie habe das immer für eine Spinnerei gehalten. Als er dann aber tatsächlich verschwunden sei, habe sie sofort vermutet, daß er Ernst gemacht habe.

Auch die Vermißtenanzeige ist nur Ausdruck eines vorübergehenden Zweifels. Denn irgendwann schreibt J die Postkarte, deren Ausbleiben sie hatte zweifeln lassen.

Bereits aus der Schilderung der privaten Verhältnisse des J läßt sich ableiten, daß er nicht auf dem Boden der Politik der DDR steht. Sowohl seine Verweigerung der Teilnahme am internationalen Kampf- und Feiertag der Werktätigen für Frieden und Sozialismus als auch seine Einstellung gegenüber der Band BAP lassen eine feindlich-negative Gesinnung erkennen und nähren den Verdacht der Republikflucht. An welchem Grenzübergang und mit Hilfe welcher Tricks dies hat geschehen können, ist bislang unklar. Denkbare Vorgehensweisen sind unerwartetes und somit unhaltbares Drauflosrennen oder Bedrohung der Grenzer mit Schlichthammer und Spaltkeil (befinden sich immer im Kofferraum seines Wartburgs). Auszuschließen sind gefälschte Papiere und Bestechung (J entstammt einer einfachen Arbeiterfamilie).

gez. IM Selene

15

Drei zu null für die DDR

Ich wollte nur einmal kurz schauen, wie es dort aussah, wo all die Akten lagerten. Ich fuhr nach Lichtenberg, es war Spätnachmittag und dämmerte schon. Der Gebäudekomplex lag zwischen Magdalenen- und Ruschestraße, die Zentrale stand groß und graubraun auf dem betonierten Hof. Ich ging am Haus 1 entlang, in dem Mielke seine Büroetage gehabt hatte und das heute eine Gedenkstätte war. Einen konspirativen Ort hatte ich mir anders vorgestellt: mit wenigen oder zumindest verdunkelten Fenstern und vielen Seiteneingängen, durch die man das Haus unauffällig verlassen konnte. Doch dieses Gebäude hatte unzählige große Fenster, durch die viel Tageslicht auf die Schreibmaschinen und Telefonapparate fallen musste. Ich ging weiter zu Haus 7, in dem die Akten lagerten. Es gab nur einen Haupt- und einen Seiteneingang. Ich drückte die Türklinken herunter, rüttelte daran, beide waren ordentlich verschlossen. Ich setzte mich auf einen Mauervorsprung und drehte mir eine Zigarette. Genau das macht einen konspirativen Ort aus, dachte ich, dass er eben überhaupt nicht konspirativ aussieht. Vereinzelt liefen Leute über den Hof, aber niemand ging in Haus 7, sodass ich unter einem Vorwand hätte hineinschlüpfen können. Ich dachte an die Regale voller Akten, die hinter der Hauswand aus Kieselbeton stehen mussten. Still standen sie da und trugen genügsam das Gewicht der dicken Ordner, die bis unter die Decke reichten. Es waren nur wenige Meter Luftlinie, die mich von Jens' Akte trennten. Ich besah mir noch einmal die Tür, es war eine einfache Tür mit einem einfachen Schloss, und nirgends sah ich Überwachungskameras. Wieso hatte ich eigentlich keine Kontakte zum Berliner Untergrund? Dort trieben sich sicher Gestalten herum, die in einer mondlosen Nacht problemlos die Tür öffnen könnten. Ich überlegte, Karl anzurufen und ihn zu fragen, ob er Kenntnisse im Schlösserknacken hatte. Aber selbst wenn, wie sollte ich unter Tausenden von Akten die von Jens finden? Ich zog an der Zigarette. Vielleicht war Jens' Akte auch verbrannt worden, vielleicht war sie noch unwiederbringlicher vernichtet als das Original der Ebstorfer Weltkarte, von dem es immerhin Reproduktionen gab. Kurz fühlte ich mich wieder, als lägen über zweihundert Meter zwischen mir und dem Boden. Ich legte eine Hand auf den Beton und der Schwindel ließ nach. Ich drückte die Zigarette aus und stand auf. Der Kieselbeton hatte Muster auf meine Handflächen gedrückt.

Zu Hause stand ich unschlüssig im Flur herum. Ich überlegte, noch kurz bei Jens vorbeizuschauen, wie ich es mittlerweile fast jeden Tag vor oder nach der Arbeit tat. Aber heute konnte ich mich nicht dazu durchringen, ins Krankenhaus zu gehen, um dann wieder nur die Kleidung im Schrank zurechtzurücken, die er nicht mehr brauchen würde; wieder nur seinen Mund anzustarren, der im Schlaf halb geöffnet war und nichts als dünne Speichelfäden preisgab; wieder nur seiner Traumsprache zuzuhören, die keinen Zusammenhang ergab.

Ich ging ein paar Schritte durch die Wohnung. Auf dem Küchentisch lagen zwei neue Ratgeber, die meine Mutter geschickt hatte: *Überlebenstipps für die ersten eigenen vier Wände* und *Gesund feiern in Berlin.* Ich stellte sie zu den anderen ins Regal. Dort stand auch der Studienführer. Ich zog das Buch heraus und blätterte darin herum. Karl und Sarah hatten immer so viele Pläne, dass das Alphabet zur Aufzählung nicht ausreichte, während ich nicht mal einen Plan B hatte. Das, was vor mir lag und Zukunft hieß, war eine Ansammlung hässlicher Wahrscheinlichkeiten, in der Karl meine Lustlosigkeit auf Australien als Parameter nicht einrechnete, keine Straßenbahnfahrer mehr gebraucht würden und Gebäude von heute auf morgen einstürzen konnten. Ich schlug das Buch wieder zu.

Mein Blick fiel auf die Schreibmaschine, die auf dem Schreibtisch stand. Es war eine Daro Erika. Daro, das stand für Datenverarbeitung, Automatisierung, Rationalisierung, Organisation. In der vergangenen Woche hatte ich die Schreibmaschine immer wieder angeschaut, ich hatte sie einfach schön gefunden. Jetzt fuhr ich mit dem Finger über den staubigen Schlitten und fand sie nicht mehr schön. Sie war nur ein altes staubiges Ding, das nichts mit mir zu tun hatte. Sie war genauso nicht für mich gemacht wie die Miniatur des FKK-Strands im Museum. Ich wischte mir die Finger an der Hose ab und starrte die Erika eine Weile an. Dann entstaubte ich die Buchstaben und entfettete die Mechanik mit Speiseessig. Ich ging zum Schreibwarenladen und kaufte einen Stapel Papier und ein Farbband, das ich auf die Spulen fummelte. Ich ging ins Bad und schrubbte die Tinte von meinen Fingerkuppen. Doch anstatt im Abfluss zu verschwinden, verteilte sie sich über meine Hände. Wo keine Tinte war, war meine Haut rot vom Schrubben und Bürsten. Ich dachte an das Päckchen Quasi, *das bleichende Putz- und Scheuermittel mit keimmindernder Wirkung,* das meine Mutter für solche Fälle im Badezimmerschränkchen aufbewahrte. Ein paar Dinge gibt es, hatte sie immer gesagt, die waren einfach besser, auch wenn das jetzt keiner mehr zugeben will. Quasi durfte ich nur benutzen, wenn alles andere nichts half. Und auch dann musste ich es so sparsam wie möglich verwenden, weil Quasi nicht mehr hergestellt wurde und wir nur noch wenige Päckchen vorrätig hatten. Ich erinnerte mich an einen Sommertag, an dem ich zum Spielen aus dem Haus schlich, anstatt wie von meiner Mutter befohlen irgendetwas im Haushalt zu erledigen. Draußen lief ich barfuß über eine frisch geteerte Straße. Nach dem Versuch, die schwarze Masse von meinen Fußsohlen zu pulen, klebte der Teer auch an meinen Händen. Ich probierte es mit heißem Wasser und Seife, aber die schwarzen Flecken blieben.

So was kommt von so was, sagte meine Mutter, jetzt musst du für immer mit schwarzen Händen und Füßen rumlaufen.

Als ich zu weinen anfing, schrubbte sie meine Finger mit Quasi und einer Schuhbürste, und nach wenigen Minuten hatte ich meine alte Hautfarbe zurück.

Drei zu null für die DDR, sagte meine Mutter und verstaute das Quasi wieder im Badezimmerschränkchen.

Das Zwei-zu-null hatte das *Sandmännchen* gemacht. Wer eigentlich das Eins-zu-null geschossen hatte, fragte ich viel später erst. Jürgen Sparwasser, sagte sie, in der 77. Minute. Es stand immer zu null, die Tore der BRD zählte meine Mutter nicht mit.

Aber in meiner Wohnung gab es kein Badezimmerschränkchen und auch kein Quasi, das die Tintenflecken auf meinen Fingerkuppen hätte beseitigen können. Ich trocknete die Hände ab und ging zurück zum Schreibtisch. Ich nahm ein Blatt Papier und zog es ein. Ich schaute auf die weiße Fläche, die so unbeschrieben war wie Westberlin auf den alten Stadtplänen. Dann begann ich zu tippen.

Ich mochte das unregelmäßige Klackern der Tasten, das Ratschen beim Papiereinziehen und das leise Klingeln kurz vor Zeilenende. Meine Daro-Erika-Komposition aus Klackern, Ratschen und Klingeln hätte Jens sicher gefallen. Ich nahm das Blatt heraus, pustete über die Buchstaben und legte das Papier auf den Schreibtisch. Mein Vater passt auf eine A4-Seite, dachte ich und zog ein neues Blatt ein.

16

Was man nicht vergessen kann

Nach der Auseinandersetzung mit Antonia hatte ich es eine Woche lang vermieden, ihr im Krankenhaus über den Weg zu laufen. Dann hatte neben Jens' Bett eine Tasche mit den Sachen gestanden, die ich bei ihr vergessen hatte. Schließlich hatte ich es albern gefunden, spätestens eine halbe Stunde nach ihrem Feierabend das Krankenhaus zu verlassen, nur um ihr nicht zu begegnen, und war dort geblieben. Wir hatten kein Wort über unsere letzte Begegnung verloren und stattdessen so lange Jens' Zimmer aufgeräumt, bis uns das Gespräch auf dem Fernsehturm vorkam wie eine ferne Kindheitserinnerung an sinnloses Haareziehen. Seither trafen wir uns fast täglich im Krankenhaus.

Diesmal schlief Jens schon lange, und weil wir uns langweilten, spielten wir Halloren-Kugel-Trennen. Schon ein paar Mal hatten wir eine Packung auf seinem Nachttisch gefunden, wenn wir am Abend zu ihm kamen; wahrscheinlich legte eine der Krankenschwestern sie dort für uns hin. Wer die Halloren-Kugel so durchbiss, dass die schwarze und die weiße Füllmasse möglichst gleichmäßig sichtbar waren, bekam den Punkt. Wir bissen gleichzeitig jede eine Kugel durch, dann zeigten wir uns die übrige Hälfte. Antonia konnte den Pralinen nicht ansehen, wie sie unter ihrem Schokomantel beschaffen waren. Die Halloren-Kugeln waren nicht ganz rund, man musste über die Praline eine Parallele zu ihrer längeren Seite ziehen und erhielt so die Linie, die die schwarze von der weißen Füllung trennte. Es endete drei zu null für mich, ein Unentschieden gab es, weil Antonia zufällig ein Mal richtig abbiss.

Jens wachte auf und übergab sich, ohne zu würgen. Mit dem Geräusch verschwand auch beinahe der Ekel. Die gelbliche Flüssigkeit lief ihm aus dem Mundwinkel und kleckerte aufs Kissen, ihm fehlte die Kraft, sich vorzubeugen. Ich half ihm, sich aufzusetzen. Antonia wischte die Flüssigkeit weg und flößte ihm mit der Schnabeltasse Tee ein.

Ich sah mich um im Zimmer. Die 307 war mir eine seltsame Art Zuhause geworden. Und mit jedem Tag, an dem sich Jens' Zustand verschlechterte, rückte die sichere Vertreibung aus diesem Zuhause näher.

Wie oft habe ich ihn gedrängt, zum Arzt zu gehen, sagte Antonia. Er hat gesagt: Wenn es nichts Schlimmes ist, muss ich auch nicht zum Arzt. Und wenn es was Schlimmes ist, will ich es nicht wissen.

Sie stellte die Tasse auf dem Nachttisch ab.

Als ich vorgeschlagen habe, dich anzurufen, sagte sie, war das überhaupt das erste und einzige Mal, dass er auf mich gehört hat.

Jens' Kopf sank wieder auf das Kissen, er schloss die Augen. Antonia stemmte die Hände in die Hüften und sah ihn an, mit einer ungewohnten Strenge im Blick, so wie man ein Kind ansah, das etwas falsch gemacht hatte und jetzt einmal gründlich nachdenken und sich entschuldigen sollte. Sie schaute ihn eine ganze Weile so an, sie schien vergessen zu haben, dass ihr Blicken zwecklos war. Ich räusperte mich, dann suchte ich nach einem Stift, um die fünfzig Milliliter Tee in die Liste einzutragen. Ich dachte darüber nach, ob die erbrochene Flüssigkeit nicht von den Angaben auf dem Blatt abgezogen werden müsste. Trotzdem trug ich die gesamte Menge millilitergenau in die vorgesehene Spalte ein. Als ich den Bleistift in die Nachttischschublade zurücklegte, fand ich in der hinteren Ecke ein Foto. Es zeigte Jens hinter einem Schlagzeug, neben ihm standen ein Mann mit einer Gitarre in der Hand und eine Frau mit einer Schüssel Gurkensalat.

Wer ist das?, fragte ich und hielt Antonia das Bild hin. Sie nahm es mir ab und setzte sich auf den Bettrand.

Das am Schlagzeug ist Jens, sagte sie, die Frau hier vorne ist seine Mutter. Den Mann an der Gitarre kenne ich nicht.

Antonia gab mir das Bild zurück und ich sah mir die Frau mit der Schüssel genauer an, die also meine andere Großmutter gewesen war. Meine Mutter hatte sie immer als alte Ziege beschrieben, aber davon ließ das breite Lachen auf dem Foto nichts erahnen.

Wo hast du das Bild her?, fragte ich.

Na, du hast es eben aus der Schublade geholt, sagte sie.

Ich meine, wo war das Bild, bevor du es in die Schublade getan hast?

Das war ich nicht. Vermutlich hat es Hilde da reingetan.

Wer?

Hilde, sagte sie und tippte auf die Frau mit der Schüssel.

Ich setzte mich neben sie auf den Bettrand.

Die lebt noch?, fragte ich.

Antonia nickte.

Jens hat nur selten mit ihr telefoniert, sagte sie, und sie viele Jahren nicht gesehen.

Mir wurde schwindlig. Ich hatte Antonia wochenlang ausgefragt über Jens, wie konnte es sein, dass sie dabei nicht ein Mal seine Mutter erwähnt hatte?

Wieso hast du mir nichts von ihr erzählt?, fragte ich.

Ich kenne die doch gar nicht, sagte Antonia, was hätte ich dir denn erzählen sollen? Außerdem hast du nicht danach gefragt.

Wie soll ich dich nach jemandem fragen, von dem ich dachte, er sei tot, sagte ich. Schließlich ist die hier bislang nicht ein Mal aufgetaucht. Dass sie noch lebt, hättest du ja mal erwähnen können.

Hab ich nicht?, sagte Antonia und runzelte die Stirn. Hab ich wohl vergessen.

Man kann nicht vergessen, dass man eine Oma hat, sagte ich.

Eine Oma, sagte Antonia und verzog die Lippen zu einem verächtlichen Lächeln. Es war ein Lächeln wie ein abgerutschter Bleistiftstrich, den sie sofort wegradierte, von dem nur eine kaum sichtbare Rille im Papier blieb.

Ja, eine Oma, sagte ich etwas lauter, als ich wollte, eine Oma, die einem Gurkensalat macht und Halloren-Kugeln mitbringt. Eine Oma, die einem Geschichten erzählt. Und gibt's auch noch so einen Opa?

Heinrich ist schon Mitte der Neunziger gestorben, sagte Antonia, und was die Oma angeht, kann ich gut und gerne auf sie verzichten. Ich will gar nicht genau wissen, wie viel sie damals zu dem Berufsverbot meiner Mutter beigetragen hat. Wenn die nicht bei der Stasi war, bin ich der Kaiser von China.

Wieso bist du dir da so sicher?, fragte ich.

Meine Mutter erzählt immer, dass Hilde sie nicht ausstehen konnte, weil sie nicht mit Kind und Kegel auf den Hof ziehen wollte, und vor allem, weil sie keine Arbeiterin war, sondern zur Intelligenz gehörte. Hilde hat sich offenbar ein anderes Leben für ihren Sohn vorgestellt. Eine Hundertfünfzigprozentige war das, und da wäre es wenig erstaunlich, wenn sie ein bisschen nachgeholfen hätte.

Jens wachte auf und reihte seine zusammenhangslosen Silben aneinander, die mittlerweile wie eine vertraute Melodie klangen. Antonia beugte sich zu ihm hinunter und streichelte seinen Kopf.

Das kannst du aber nicht beweisen, sagte ich, das ist doch nur eine Unterstellung.

Antonia sah mich an.

Und du willst das beurteilen können, ja?

Natürlich konnte ich das nicht, bis vor wenigen Minuten hatte ich ja nicht einmal von Hilde gewusst. Aber ich hatte es satt, dass Antonia ständig so tat, als lägen die Dinge ganz klar.

Meine Wasserrohre waren gar nicht zugefroren, sagte ich.

Antonia setzte sich auf und sah mich an.

Wieso bist du dann zu mir gezogen?

Ich wusste nicht, was ich darauf erwidern sollte. Ich hatte das nur gesagt, weil ich wusste, dass es sie kränken würde.

Antonia nickte ein paar Mal.

Aushorchen wolltest du mich, sagte sie und biss sich auf die Unterlippe. Seit unserer ersten Begegnung hast du kein gutes Haar an Jens gelassen. Du kommst seit Wochen hierher, nur um für den Rest deines Lebens einen Rabenvater zu haben, dem du für alles die Schuld geben kannst. Und ich darf den Zündstoff liefern für deine absurden Theorien.

Antonia schaute mich noch einen Moment an und dann, als ich nicht antwortete, zu Jens, dessen Blick hastig die Wände entlangstreifte. Antonia nahm seine Hand und streichelte sie ein paar Mal, wie um sich für die Aufregung zu entschuldigen.

Heute ist Freitag, sagte sie, Hilde kommt jeden zweiten Samstag frühmorgens, weiß ich von der Krankenschwester. Ihr werdet euch mögen.

Dann nahm sie ihre Tasche und ging.

Sexuelle Gewohnheiten und Vorlieben des J

[redacted]

[redacted]

gez. IM Selene

17

Da geht man besser ins Museum

Aus Angst zu verschlafen und Hilde zu verpassen, hatte ich beschlossen, im Krankenhaus auf sie zu warten. Ich saß an Jens' Bett und aß die restlichen Halloren-Kugeln. Irgendwann schlief ich auf dem Stuhl ein, mit dem Kopf auf seinem Bett, und wachte erst wieder auf, als am Morgen mein Handy klingelte. Es war meine Mutter, ich drückte sie weg. Dann ging ich ins Bad und nahm Jens' Zahnbürste, ich hielt sie gegen das Licht. Ich hatte sie gerade erst gekauft, aber etwas in mir sträubte sich, sie zu benutzen. Ich drückte Zahnpasta auf den Zeigefinger und rieb meine Zähne ein. Mit den Fingern kämmte ich meine Haare, die im Neonröhrenlicht des Badezimmers eher nikotinfarben als milchkaffeebraun aussahen. Das ist der erste Eindruck, den Hilde von mir haben wird, dachte ich und holte zwei Schlafkrümel aus den Augenwinkeln.

Ich konnte Hildes Gesicht keinen Ausdruck entnehmen, als sie ins Zimmer kam. Es war durchzogen von faltigen Linien, die in alle denkbaren Richtungen verliefen. Sie schienen überall und nirgends hinzuführen. Ich stand auf und streckte ihr die Hand entgegen.

Ich bin Johanna, sagte ich.

Soso, sagte Hilde, nahm kurz meine Hand und wandte sich dann Jens zu.

Ich bin Jens' Tochter, fügte ich hinzu, weil ich nicht sicher war, ob sie das wusste.

Ich weiß, sagte Hilde mit dem Rücken zu mir, ich weiß, und ich hätte gern den Stuhl.

Ich brachte ihr meinen Stuhl, sie setzte sich an Jens' Bett.

Du bist also meine Oma, sagte ich.

Ich gab mir Mühe, das so nett wie möglich zu sagen.

Und Sie sind also meine Enkeltochter, sagte Hilde.

Ich hätte mich gerne auf meinen Stuhl gesetzt. Aber darauf saß Hilde und bearbeitete mit den Fingerspitzen Jens' Arm, als würde sie Fusseln von einem Pullover sammeln. Ich schaute Jens an und wünschte mir, er würde etwas sagen, beispielsweise mich dieser Frau als seine Tochter vorstellen und ihr klarmachen, dass ich jetzt dazugehörte. Aber Jens lag nur da und brabbelte im Schlaf.

Mögen Sie Halloren-Kugeln?, fragte ich.

Sie stellen seltsame Fragen, sagte Hilde.

Ich schaute auf ihre Hände, zwischen den vielen Falten sah ich dunkle Stellen, aber ich konnte nicht erkennen, ob es sich um Leber- oder Altersflecken handelte. Auch Hilde wird es nicht mehr ewig geben, dachte ich, auch sie wird sich mitsamt ihren Geschichten, die verdammt noch mal auch mir gehören, unter die Erde verkrümeln. Ich umfasste die metallene Bettlehne wie den Angstgriff, den es in den alten Tatra-Triebwagen noch gab. Ich umschloss das kühle Rohr so fest, dass sich meine Fingerspitzen in die Handflächen drückten.

So geht das nicht, sagte ich, Sie können hier nicht reinspazieren und so tun, als wäre ich nicht Ihre Enkelin.

Hilde zupfte einen letzten Fussel von Jens' Arm, hob

den Kopf und sah mich an. Sie kniff die Augen leicht zusammen und musterte mich von Kopf bis Bauchnabel, den Rest verdeckte das Bett, an dem ich mich festhielt.

Ich habe Fragen, sagte ich, Fragen, die mir hier keiner beantworten konnte. Ich glaube, Sie können sie beantworten, und deswegen möchte ich, dass Sie jetzt mit mir reden.

Hilde sah mich noch einen Augenblick an, dann wandte sie sich wieder Jens' Unterarm zu.

Was müssen Sie denn so dringend wissen, fragte sie.

Zum Beispiel, wer der Mann auf diesem Foto ist, sagte ich, holte es aus der Nachttischschublade und hielt es Hilde hin. Sie warf einen kurzen Blick darauf.

Das ist Frank, sagte Hilde, ein alter Schulfreund von Jens und Mitglied seiner Krachgemeinde, also seiner Band, *Die geringelten Strümpfe*. Nach der Wende haben sie sich in Berlin wiedergetroffen und zusammen eine Firma gegründet. Wie oft habe ich Jens gesagt, dass er sich vor diesem Menschen hüten soll, aber das hat ihn nicht interessiert. Zwei Jahre später waren sie pleite.

Und können Sie mir sagen, wohin Jens am 4. Oktober '89 verschwunden ist?

Hilde nahm jeden einzelnen von Jens' Fingern in ihre Hand, wie um sich zu vergewissern, dass noch alle dran waren.

Erinnerungen verschönern das Leben, sagte Hilde, aber das Vergessen allein macht es erträglich.

Dann stand sie auf und zog sich die Steppjacke an.

Da geht man besser ins Museum, wenn man Vergangenheitsbewältigung betreiben will, sagte sie.

Im Museum war ich schon, sagte ich, dort erfährt man gar nichts.

Hilde sah mich stirnrunzelnd an, holte eine Packung

Halloren-Kugeln aus ihrer Tasche und legte sie auf den Nachttisch.

Danke, sagte ich.

Die sind für Jens, sagte Hilde und sah mich streng an.

Dass er so was doch gar nicht mehr essen kann, wollte ich sagen, entschied mich aber dagegen. Ihr strenger Blick hatte etwas Familiäres, das ich nicht zerstören wollte, also nickte ich. Hilde nickte kurz zurück und ging zur Tür. Dann drehte sie sich noch einmal zu mir um.

Welche von den Töchtern sind Sie eigentlich?

Ich bin Johanna, sagte ich noch mal.

Das habe ich verstanden, sagte Hilde, ich wollte wissen, ob Sie die große oder die kleine sind.

So wenig kamen Antonia und ich in den Gedanken unserer Großmutter also vor, dachte ich, so wenig, dass sie nicht einmal unsere Namen zuordnen konnte.

Die kleine, sagte ich, Antonia ist älter.

Hilde nickte.

Antonia, sagte sie, richtig, so hieß das Mädchen.

Auf Wiedersehen, sagte sie dann noch, aber es klang nicht so, als würde sie sich das wirklich wünschen.

Frank, Firma, Insolvenz: Da war schon wieder ein Loch, groß wie eine Stadtplansignatur, die nicht in der Legende auftauchte.

HA III

Neue Erkenntnisse in der Vermißtensache Jens Borg

In der Vermißtensache Jens Borg liegen schon wieder völlig neue Erkenntnisse vor. Demnach war alles ganz anders. Ob die folgenden Angaben irgend etwas mit den realen Begebenheiten zu tun haben? Wer weiß das schon. In dieser Sache wäre es wirklich nicht weiter erstaunlich, wenn der Vermißte selbst keine Ahnung hätte, wohin und warum er verschwunden ist, derart undurchsichtig ist die Indizienlage.

Aber der Vollständigkeit halber müssen aufgrund der Aussagen seiner Mutter H die Basisangaben zu J erneuert werden.

Personenerfassung

Name: Jens Borg
Kinder: 2 (um die er sich nicht kümmert)
Geburtstag: 5.3.1954 um 17.43 Uhr in Rostock
Familienstand: leider immer noch ledig
Beruf: Schmiedemeister
Feindlich-negatives Hauptmerkmal: Frauenheld, Mangel an Weitsicht und Durchsetzungsfähigkeit

1. Familiärer Hintergrund
Js Eltern, die Genossen Hilde und Heinrich Borg, sind als progressiv einzuschätzen. Mehrere Überprüfungen haben ergeben, daß es ihnen an sozialistischem Engagement nicht mangelt. Allerdings ist der Vater kein Arbeiter, sondern Unternehmer und als solcher den VEB gegenüber kritisch eingestellt.

2. Beschreibung der Zielperson
J kommt sowohl äußerlich als auch ideologisch nach seinen Eltern. Vom Vater hat er die

Geheimratsecken und die tüchtige Arbeitsweise, von der Mutter die zahlreichen Leberflecken und die Gewissenhaftigkeit. J engagiert sich bei der freiwilligen Feuerwehr und als Freizeitmusiker für die musische Fortbildung der Dorfjugend. Im Grunde ist er ein vorbildlicher Genosse.

3. Vergangenheit der Zielperson
Das ist nicht immer so gewesen, im Gegenteil. J wurde des Öfteren auffällig, erstmals an der Berufsschule. Am 5. März 1971 erschien er nicht zu den obligatorischen Feierlichkeiten anläßlich des 100. Geburtstags von Rosa Luxemburg. Er zog es vor, seinen eigenen Geburtstag zu feiern. Daraufhin stand er drei Monate am Schwarzen Brett der Schule, und es wurde ihm das Leistungsstipendium entzogen. Aber diese Maßnahmen waren J keine Lehre. Nur ein halbes Jahr später zeigte sich sein von jugendlicher Unbelehrbarkeit geprägter Charakter erneut. Am 12. September 1971 kam seine ESP-Lehrerin weinend in die Klasse und sagte zur Einleitung einer Schweigeminute: "Er ist nicht mehr." J fragte daraufhin laut: "Wer?" Damit brachte er die ganze Klasse zum Lachen, da allen Anwesenden klar war, daß sie sich auf Chruschtschows Tod am Vortag bezog. Da sich J schon frühzeitig und wiederholt respektlos gegenüber großen Genossen verhielt, hatten seine Eltern lange Zeit Sorge, ob ein guter Sozialist aus ihm werden würde. Aber auch wenn er ein Talent dafür zu haben scheint, sich die falschen Frauen auszusuchen, und auch wenn es ihm hin und wieder an Verständnis für die zur Verteidigung des Sozialismus notwendigen Maßnahmen fehlt, kann nicht daran gezweifelt werden, daß er in den Grundsätzen auf dem Boden der Politik der DDR steht.

4. J und die Frauen

Mit J und den Frauen war es schon immer so eine Sache. Er hat mit ihnen geschlafen, zwei sind schwanger geworden, die anderen nicht. Da über diejenigen, die nicht schwanger geworden sind, nichts bekannt ist, konzentriert sich dieser Bericht auf die Mütter seiner Töchter:
Margarete Schwarz, geb. 1960 in Rostock, und Astrid Haller, geb. 1961 in Stendal.
Beide Frauen haben im Gegensatz zu J studiert (Astrophysik, Veterinärmedizin). Beide Frauen sind dunkelhaarig (nicht gefärbt).
Auch ist beiden Frauen die Eigenständigkeit zu attestieren, über die die Frauen unseres Landes in der Regel verfügen (beide erzogen ihre Töchter selbständig und blieben berufstätig). Es läßt sich vermuten, daß dies dem Beuteschema des J entspricht. Es läßt sich auch vermuten, daß beide Beziehungen an diesem Beuteschema scheiterten. Denn früher oder später fühlte sich J nicht mehr durch eine studierte Frau an seiner Seite bereichert, sondern bevormundet (Uhrzeiten, zu denen man zu Hause zu sein hat, und Aufgaben, die von erwachsenen Menschen problemlos zu erledigen sein sollten). Problem beider Beziehungen war, daß J gerne die Schmiede seines Vaters übernehmen und mit Kind und Kegel auf den Hof ziehen wollte. Zu diesem Zweck hatte er sogar begonnen, das Dachgeschoß des Wohnhauses auszubauen. Beide Frauen konnten sich ein Leben auf dem Hof in Kavelstorf aber nicht vorstellen. Sie haben darauf bestanden, ihre Berufe, ihre Wohnungen, kurz: ihre Unabhängigkeit, zu behalten.

gez. IM Selene

18

Vierhundert von sechzehntausend Schnipselsäcken

Laut Reiner war die 68 die schönste Linie überhaupt. Ich fuhr sie zum ersten Mal und musste ihm recht geben. An den Scheiben schoben sich die Wälder und Flüsse vorbei, die kurz hinter der Endhaltestelle Alt-Schmöckwitz zu märkischer Heide und märkischem Sand wurden. Die ersten Krokusse ragten durch den geschmolzenen Schneematsch, den die Fahrgäste an ihren Schuhen in die Bahn trugen. Ich zählte zwei Rehe und einen Feldhasen, bis wir an der Endhaltestelle ankamen. Wie immer stieg ich aus, zündete mir eine Zigarette an und spazierte einmal die Wendeschleife entlang. Doch heute stieg Reiner ebenfalls aus, setzte sich auf die Schiene und forderte mich auf, mich zu ihm zu setzen. Es war unsere letzte gemeinsame Fahrt, danach würde ich allein auf Strecke gehen und Reiner nur noch gelegentlich über den Weg laufen, auf dem Betriebshof, sofern wir zeitgleich Schichtbeginn oder -ende hatten. Als ich mich zu ihm setzte, befürchtete ich plötzlich, dass er eine Abschiedsrede halten wollte. Aus seiner Jackentasche holte er zwei Piccolo-Fläschchen Rotkäppchensekt und zwei Plastebecher.

Aber wir müssen noch fahren, sagte ich.

Papperlapapp, sagte Reiner, jetzt stoßen wir mal an auf die letzten Wochen.

Er verteilte den Sekt auf die Becher.

Auf dich, sagte er, und darauf, dass du die Prüfung nächste Woche mit Bravour bestehst.

Danke, sagte ich, stieß meinen Becher gegen seinen und nahm einen Schluck.

Kennste den schon, sagte er, warum war es strengstens verboten, dass DDR- und BRD-Bürger zusammen Alkohol trinken?

Weil sie sonst die gleiche Fahne gehabt hätten, sagte ich, den hast du mir schon mal erzählt.

Reiner nickte.

Du siehst traurig aus, sagte er.

Vielleicht, weil es unsere letzte gemeinsame Runde war, vielleicht, weil ich ihn eh nur aus der Ferne wiedersehen würde, vielleicht auch, weil mir seine Witze fehlen würden, jedenfalls erzählte ich ihm die ganze Geschichte, von den Farbklecksen auf Antonias Dielen, von der fehlenden Narbe unter Jens' Kniescheibe und von einer Großmutter, die mich siezte. Zwischendurch reichte mir Reiner ein Taschentuch, das ich in den Händen knetete, weil ich gar nicht weinte.

In einer Familie gibt es keine Wahrheit, es gibt nur Geschichten, sagte er.

In seiner Stasi-Akte steht die Wahrheit, sagte ich, aber an die komme ich nicht ran.

Reiner lachte.

Wenn du die wahre Geschichte willst, sagte er, dann vergiss die Stasi-Akten. Außerdem war im Herbst '89 so viel los, da kamen die gar nicht hinterher mit dem Spitzeln, da waren die mit Schreddern und Kollern und Kokeln beschäftigt.

Welche Akten wurden geschreddert?, fragte ich.

Vor allem die, die auf den Schreibtischen lagen, sagte Reiner, also woran die gerade gearbeitet haben. Als die Reißwölfe heiß gelaufen sind, wurde gekollert. Als es dafür keine Wannen mehr gab, wurde gekokelt. Und als sie dafür keinen Platz mehr hatten, wurde von Hand zerrissen. Sechzehntausend Säcke voll Papierschnipsel. Die puzzeln sie jetzt wieder zusammen, von Hand, das muss man sich mal vorstellen. In dreizehn Jahren haben sie knapp vierhundert Säcke geschafft. Vierhundert von sechzehntausend.

Jens war nur wenige Wochen vor dem Mauerfall verschwunden; die Wahrscheinlichkeit, dass seine Akte vernichtet worden war, war also ziemlich hoch. Ich zündete mir noch eine Zigarette an.

Woher weißt du das alles?, fragte ich.

Das weiß man halt, sagte er.

Hast du auch eine Akte?

Na hör mal, das geht dich nun wirklich nichts an.

Also ja, sagte ich.

Reiner seufzte.

Ich weiß das so genau, sagte er, weil ich bei der BStU fünf Jahre lang als Hausmeister gearbeitet habe. Alles habe ich gemacht, Glühbirnen gewechselt und kontrolliert, ob das Papier es warm und trocken hatte. Und wenn am letzten Sonntag im Monat die Wessis gucken kamen, habe ich ihnen gezeigt, wie eine Wanze aussah und in welchem Aschenbecher Mielke seine Juwel ausgedrückt hat. Die Wessis haben betroffen geguckt und das alles ganz unfassbar gefunden. Aber ich war immer zu allen freundlich, die Wessis können ja nichts dafür, dass sie davon nichts verstehen.

Wieso bist du dann Straßenbahnfahrer geworden?

Jetzt ist aber Schluss mit der Fragestunde, sagte Reiner, lass uns lieber noch mal anstoßen.

Er verteilte den letzten Schluck Sekt auf die Becher und leerte seinen in einem Zug.

Hast du heimlich in die Akten von Bekannten geguckt und wurdest erwischt?, fragte ich.

Quatsch, sagte Reiner.

Auch nie darüber nachgedacht?, fragte ich.

Reiner hob ein Stöckchen auf und stocherte damit im Waldboden.

Also gut, sagte er, aber du musst versprechen, dass du das für dich behältst.

Ich versprach es.

Die haben in den Schnipselsäcken was von mir gefunden, sagte er.

Reiner zog mit dem Stöckchen einen Halbkreis vor sich in den Sand, als wollte er einen Raum abtrennen, in dem er allein wäre.

Bevor die DDR zum Unrechtsstaat erklärt wurde, sagte er, war ich Hausmeister an einer Schule. Ich sollte eine Liste machen, wer in den Pausen mit wem in der Raucherecke steht. Und diese Liste wurde irgendwann zusammengepuzzelt. Da war ich plötzlich untragbar.

Die Asche meiner Zigarette wehte in seinen Halbkreis, Reiner warf den Stock ins Gleisbett und schaute mich von der Seite an.

Frag ruhig, sagte er.

Ich drückte meine Zigarette aus.

Hast du noch die Schlüssel?

Reiner zog die Augenbrauen so hoch, dass sie fast den Ansatz seiner Glatze berührten.

Oder einen guten Bekannten, sagte ich, der mir die

Akte meines Vaters ohne Antrag raussucht? Eine Kopie würde reichen. Ich könnte auch was zahlen.

Reiner schaute mich an, als hätte ich soeben die Fahrprüfung vermasselt. Er setzte zu einer Antwort an, schloss den Mund dann wieder und stierte auf das Trafohäuschen in der Mitte der Wendeschleife.

Was dachtest du, was ich fragen würde?, sagte ich.

Was die Leute halt so fragen, sagte Reiner. Wie es war bei der Stasi, wie sie mich geködert haben, ob ich ein schlechtes Gewissen habe. So was.

Er schaute eine Weile nachdenklich seine Schuhe an.

Die Akte von deinem Vater liegt sowieso nicht in Berlin, sagte er dann, die liegt in irgendeiner Kreisdienststelle in Mecklenburg-Vorpommern. Im Zentralarchiv würde man nur rausfinden, ob es eine Akte gibt und ob die ein orangenes oder ein graues Deckblatt hat.

Ich sah ihn fragend an und er fügte hinzu:

Täter- oder Opferakte, so wird jetzt unterschieden. Wenn man den Tatsachen mal ins Gesicht sieht, ist es doch so, dass du von deinem Vater nicht mehr viel erwarten kannst. Du hast aber eine Oma, die du einfach mal besuchen könntest. Bei der Gelegenheit kannst du dir auch angucken, wo dein Vater aufgewachsen ist. Du hilfst ihr ein bisschen im Haushalt und dann wird sie dir sicher auch erzählen, was sie weiß.

Die Schienen begannen zu summen und zu zirpen, sie kündigten eine näher kommende Bahn und das Ende unserer Pause an.

Versprichst du mir, dass das mit den Schnipselsäcken unter uns bleibt?, sagte Reiner, das ist wirklich wichtig.

Ich versprach es noch mal.

Auf den letzten Runden sprachen wir nicht viel. Zum

Abschied legte Reiner ungelenk einen Arm um meine Schultern.

Die Wahrscheinlichkeit, sagte ich, dass sie bis zu deiner Rente ausgerechnet den Schnipselsack mit deiner Liste drin zusammenpuzzeln, lag bei nicht einmal sechs Prozent.

19

Aber sie erzählte

Ich saß am Schreibtisch und funkelte wütend das Farbband an, das ich auch beim vierten Anlauf nicht in den Abstandhalter gefummelt bekam, als Hilde anrief.

Wie geht es Ihnen?, fragte sie.

Von diesem Gesprächseinstieg war ich so überrascht, dass ich zunächst gar nicht wusste, was ich darauf antworten sollte. Nach meinem Befinden hatte sie noch nie gefragt.

Gut, sagte ich schließlich und hielt es im selben Moment für eine unangemessene Antwort, schließlich lag Jens auf der Hospizstation, also fügte ich hinzu: den Umständen entsprechend.

Es war bald zwei Wochen her, dass ich Hilde angerufen und gefragt hatte, ob ich sie besuchen dürfe. Das sei gerade ungünstig, hatte sie gesagt, aber wo sie mich schon einmal am Telefon habe, solle ich ihr doch erzählen, wie es Jens ginge. Am Ende hatte sie gefragt, ob sie mich für Erkundigungen gelegentlich anrufen dürfe, denn ihre Gesundheit erlaube es ihr nicht mehr, so oft nach Berlin zu reisen und nach Jens zu sehen. Seither telefonierten wir fast täglich. Dabei sprach ich nie von der Gallenflüssigkeit, die ich ihm immer öfter von den Mundwinkeln wischte, und auch nicht von den abnehmenden Beuteln am Tropfgestell. Ich sagte ihr nichts von der erhöhten Morphiumdosis und nichts von seinen Augenhöhlen, die so tief eingefallen waren, dass ich manchmal erschrak, wenn ich ihn ansah. Stattdessen sagte ich: Blutwerte in Ordnung, Hämoglobinspiegel unauffällig, Stuhlgang normal. Das sagte ich auch, wenn ich gar nicht im Krankenhaus gewesen war. Neuerdings gab es Besuchstage, weil Antonia vorgeschlagen hatte, sich abzuwechseln. *Um wieder Zeit für anderes zu haben* stand in ihrer Nachricht, aber sie hatte wohl einfach keine Lust, mir über den Weg zu laufen. Mir konnte das recht sein, von ihr gab es eh nichts Neues mehr über Jens zu erfahren. Hilde erzählte ich am Telefon, ob die dicke Krankenschwester da gewesen war oder die mit der Plasteblume am Zopf, nach welcher Essensbeilage es auf dem Flur gerochen hatte, und dass die Oberärztin seit einer Woche keinen Ehering mehr trug.

Diesmal sagte ich: Jens hat heute sehr ruhig geschlafen.

Das ist gut, sagte Hilde, für die Regeneration, ein kranker Körper braucht viel Schlaf.

Wieder war ich unsicher, ob Hilde eigentlich begriffen hatte, dass ihr Sohn nicht den Schlaf eines fiebrigen Kindes schlief, sondern jedes Augenschließen eine kontinuierliche Annäherung an den endgültigen, atemlosen Schlaf war. Aber ich hielt es nicht für meine Aufgabe, ihr das beizubringen. Ich war zu der einzigen Verbindung geworden, die sie zu Jens hatte, wenn sie in ihrem Haus in Kavelstorf saß und sich vermutlich dieselbe Frage stellte wie ich: weshalb sich ausgerechnet sein Sprachzentrum verabschiedet hatte. Er sprach nicht mit mir und nicht mit seiner Mutter, also sprach seine Mutter mit mir.

Der letzte Grünkohl muss geerntet werden, sagte Hilde. Früher war dafür immer Jens zuständig. Mit schmutzigen

Hosen und kalten Händen kam er in die Küche gerannt und hat die Blätter auf den Tisch gelegt, dann habe ich ihm Kakao gekocht.

Sie schwieg einen Moment. Ich fragte nicht, wann genau früher gewesen war und ob er den Grünkohl gerne geerntet hatte oder dazu verdonnert worden war; ich wusste, dass sie nicht antworten, sondern nur wieder ihren Kalenderspruch aufsagen würde: Erinnerungen verschönern das Leben, aber das Vergessen allein macht es erträglich.

Seit ein paar Tagen schon geschah bei unseren Telefonaten das, was ich mir von ihnen erhofft hatte: Hilde begann zu erzählen. Sie erzählte von dem Boizenburger Fliesenwerk, in dem sie früher gearbeitet hatte, von dem Krach des Schlagzeugs und davon, wie still ihr das Haus vorgekommen war, als Jens die Band gründete und woanders probte. Sie siezte mich noch immer, sie beantwortete meine Rückfragen nicht und sie bestimmte, wie viel sie mir erzählte. Aber sie erzählte.

Vielleicht könnten Sie mir bei der Ernte helfen, sagte Hilde nach einer kurzen Pause. Sie wollten mich doch sowieso besuchen.

Nach dem Telefonat schob ich das Farbband mühelos in die Vorrichtung. Ich überlegte, wie viele Blätter man damit beschreiben konnte, wie oft das schwarz glänzende Band Schlag für Schlag von einer Seite auf die andere ruckeln und wie viele Zeichen es aufs Papier färben konnte. Ich überlegte auch, wie viele Male ich das Rädchen gedreht haben würde, um den Zeilenabstand einzustellen, weil die Automatik nicht funktionierte; wie oft ich Tinte von meinen Fingerkuppen gerieben haben würde, weil ich das Band wieder in seine Vorrichtung schieben musste; wie oft ich die Rollen gedreht haben würde, damit sich das Band wieder in die andere Richtung wickelte; wie oft ich all das getan haben würde, bis ich endlich wusste, was wirklich passiert war. Ich nahm den Papierstapel und ließ ihn drei Mal auf den Schreibtisch fallen, um ihn auf Kante zu bringen. Die Bewegung und das Geräusch, das dabei entstand, kamen mir entschlossener vor, als ich es war.

Dann verbrachte ich einige Zeit vor dem Spiegel. Karl und ich waren für den Abend verabredet, um die bestandenen Prüfungen zu feiern und auf die nagelneue Fahrerlaubnis in unseren Portemonnaies anzustoßen. Er hatte ein feines Restaurant vorgeschlagen, in dem es Meeresfrüchte gab, und ich befürchtete, das vorhandene Besteck nicht Hummer und Auster zuordnen zu können. Mir fiel der Ratgeber *Benimm ist in!* ein, den meine Mutter mir vor dem Festakt der Jugendweihe auf den Schreibtisch gelegt hatte. Ich hatte mich wenig darüber gefreut. Sei froh, hatte meine Mutter gesagt, sie habe zur Jugendweihe nur das Buch *Der Sozialismus, deine Welt* bekommen, ein Benimmratgeber sei immerhin praktisch. Ich zog das Buch aus dem Regal und las, bevor ich losging, einige Seiten zu Tischmanieren durch.

20

Quark im Schaufenster

Können Sie mir die Fußnägel schneiden?, fragte Hilde. Ich kann mich nicht mehr gut bücken.

Sie holte eine Schüssel, füllte sie mit heißem Wasser, zog Schuhe und Strümpfe aus und stellte ihre Füße hinein.

Sie können in Ruhe austrinken, sagte sie, das muss erst einweichen.

Ich griff zur Kaffeetasse, nahm einen Schluck, stellte die Tasse wieder ab. Auf dem Tisch lagen die Grünkohlstauden, ich schob sie ein Stück nach rechts, dann wieder ein Stück nach links. Sie waren eiskalt, genau wie meine Hände, die sie aus der Erde geholt hatten, ich legte die Hände um die Kaffeetasse. Hilde saß mir mit ihrem stillen, faltigen Gesicht gegenüber, als hätten wir schon sehr oft schweigend zusammen Kaffee getrunken. Ich wusste nicht, welche Fragen zu dieser Selbstverständlichkeit passten. Mir fielen nur Fragen ein, die zu unserer Geschichte passten. Ich strich mir Strähnen aus dem Gesicht, die da nicht hingen, und schwieg Hildes Schweigen mit.

Ich hatte mir einen Tag freigenommen, um Hilde zu besuchen. Sie hatte mir Haus und Garten gezeigt, das Haus und den Garten, die Jens vermutlich Heimat genannt hatte. Hilde hatte auf die Möbelstücke gezeigt und mir erzählt, auf welchem Sperrmüllhaufen sie sie entdeckt hatte und was daran zu reparieren gewesen war. Sie sprach stolz von ihren Funden und aufwendigen Reparaturen, mit diesem Leuchten in den Augen, wie meine Mutter es hatte, wenn sie von einem Tier sprach, dem sie das Leben gerettet hatte. Dann hatte sie mir die Grünkohlstauden gezeigt und erklärt, wie ich sie mit dem Erntemesser aus der Erde zu holen hatte; sie würde in der Zwischenzeit Kaffee machen.

Hilde zog ihre Füße aus dem Wasser und stellte sie auf einer Fußbank ab. Sie holte Schere und Feile aus ihrer Schürze und schob beides über den Tisch. Ich ging herum und kniete mich vor die Fußbank. Hilde hatte Schrumpelfüße vom heißen Wasser, aber vielleicht sahen die Füße von alten Frauen auch immer so aus. Ihre Zehennägel waren lang und verwachsen, am kleinen Zeh waren Haut und Nagel kaum voneinander zu unterscheiden. Ich trocknete ihre Füße ab und sah zu ihr hoch. Ich wusste nicht, wem die Situation unangenehmer war. Ich wusste auch nicht, wie den Nägeln einer alten Frau beizukommen war. Dann überlegte ich, ob die Tatsache, dass sie meine Oma war, meinen Ekel verringern könnte. Hilde begann zu sprechen, als ich mit dem ersten Zeh fertig war.

1966 ist das gewesen, sagte sie, da war Jens zwölf. Mein Heinrich hat mich nicht gehört, obwohl ich nur zwei Meter hinter ihm stand. Er war am Schweißen in seiner Schmiede, da, wo jetzt die Brombeerhecke wuchert. Ich habe nicht verstanden, warum ich ihn rufen musste und die zwei Vopos neben mir nur ungeduldig auf der Stelle trampelten, in ihren Uniformen und mit diesem vorwurfsvollen Blick, als würde ich meine Arbeit schlecht machen. Aber ich habe weitergerufen, bis ich irgendwann lauter war als das Schweißgerät. Dann haben sie ihn einfach mitgenommen, in so einem grün-weißen Wartburg. Zur Überprüfung eines Sachverhalts, haben sie gesagt. Drei Tage ist er weg gewesen, dann bekam ich einen Anruf und durfte ihn abholen. Einen furchtbaren Kaffee haben die hier – das war alles, was mein Heinrich gesagt hat. Gelacht hat er dabei, über das ganze Gesicht, wie der kleine Jens, wenn er in der Schmiede helfen durfte. Zu Hause habe ich ihm ein Bad eingelassen, mich auf den Wannenrand gesetzt und ihm den Rücken eingeseift. Was sie von ihm gewollt haben, habe ich ihn gefragt. Da hat er wieder gelacht. Nur ein Missverständnis, hat er gesagt, die hätten gedacht, er wäre ein Fluchthelfer.

Ich hörte Hilde so gespannt zu, dass ich das Nägelschneiden vergaß. Als sie nicht weiterredete, begriff ich, dass ihr Erzählen eine Art Dankeschön für meine Hilfe war. Solange ich ihre Nägel schnitt, würde sie reden. Ich schaute wieder auf ihre Füße und fuhr mit dem Schneiden fort.

Mein Heinrich hat gesagt, er habe zwei Wochen zuvor in der Kneipe mit Nachbar Kolle geredet und versprochen, ihm Anuschka zu bringen, aber erst nächste Woche, weil Anuschka krank sei und den Transport über die Grenze im Hänger vielleicht nicht überleben würde. Nachbar Kolle war einverstanden und hat ihm einen Umschlag mit Geld über den Tisch geschoben. Das muss jemand mitgehört haben. Wer Anuschka ist, habe ich gefragt, und mein Heinrich hat wieder gelacht. Anuschka sei Kolles Stute, hat er gesagt, die sollte auf einem Gestüt in Polen gedeckt werden. Kolle hatte Heinrich beauftragt, Anuschka hinzubringen, weil Kolle keinen so großen Hänger besaß. Und da hätten die Vopos gedacht, Anuschka sei ein Mädchen. Das muss man sich mal vorstellen. Meine Hände haben im Badewasser gezittert, als ich die Seife abspülen wollte. Da hat Heinrich meine Hand genommen, was er sonst nie gemacht hat, und gesagt, ich solle nicht so schauen, es habe sich alles aufgeklärt, und er sei ja nicht aus Zucker.

Ich schnitt immer nur kleine Nagelstücke ab. Die hellen Ecken rieselten auf die Fliesen und sorgten für Unordnung auf dem Küchenboden.

Fünfundzwanzig Jahre lang haben mein Heinrich und ich nicht mehr von der Sache mit Anuschka gesprochen. Erst als er kurz nach der Wende einen Geschäftspartner, so einen Westmann, zum Essen einlud, kam Anuschka wieder zur Sprache. Heinrich hat sich viel erhofft von diesem Essen, und ich habe das ganze Haus herrichten und kochen müssen, als käme Genosse Staatsratsvorsitzender Honecker persönlich zu Besuch. Wie wir denn zu dem System gestanden hätten, hat der Westmann noch vor der Soljanka gefragt, und da hat Heinrich die Geschichte mit Anuschka erzählt. Nur hat er diesmal nicht gelacht, kein einziges Mal. Seinen Suppenlöffel beiseitegelegt hat er und die Serviette geknetet, als müsse er sich augenblicklich darin schnäuzen. Dass er auch in die Fänge dieses Staates geraten sei, hat er gesagt, und dass man ihn Tag und Nacht verhört habe, als wäre er ein Mörder, dabei habe er nur ein Pferd transportieren wollen. Dass er immer noch Mühe habe, darüber zu sprechen, und die Zeit im Gefängnis wohl nie werde vergessen können, dass er in Angst gelebt habe, all die Jahre. Was für ein traumatisches Erlebnis, hat die Frau vom Westmann gesagt und meinem Heinrich die Hand auf die Schulter gelegt. Und Heinrich hat genickt. Das habe ich nicht verstanden, wie mein eigener Mann über das Land sprach, das uns vierzig Jahre lang ernährt hat. Was erzählst du denn da, habe ich zu ihm gesagt, gelacht hast du doch damals und dich nur über den schlechten Kaffee beschwert, was soll das jetzt mit einem Trauma. Angefahren hat er mich, so sei es sicher nicht gewesen. Als habe er im Gefängnis Kaffee bekommen! Etwas Wasser habe man ihm gegeben und sonst nichts.

Hilde machte eine Pause, ich schnitt eifrig weiter.

Der Westmann und seine Frau sind bald gegangen, und wir haben furchtbar gestritten. Ich hätte alles falsch in Erinnerung und würde die Vergangenheit beschönigen, das hat er gesagt, und dass ich ihn bloßgestellt hätte vor diesen Leuten. Die Zusammenarbeit mit dem Westmann ist dann geplatzt. Heinrich hat es zwar nie gesagt, aber ich bin sicher, er hat mir die Schuld gegeben daran. Jahrelang hat er sich abgerackert, ist wirtschaftlich aber nie wieder auf die Beine gekommen. Bis er eines Morgens tot in seiner Werkstatt lag.

Ich war mit dem Schneiden fertig und Hilde mit ihrer Geschichte.

Man muss seinen Erinnerungen misstrauen, sagte sie, ich glaube nicht mehr an Erinnerungen.

So leicht kam sie mir nicht davon. Ich griff zur Feile, obwohl ihre verwachsenen Nägel in diesem Leben nicht mehr rund zu bekommen waren. Sie waren so spröde, dass immer gleich eine ganze Ecke abbrach, wenn ich die Feile ansetzte. Mir konnte das recht sein, denn so entstanden immer neue Ecken, die es rund zu feilen galt. Mit größtmöglicher Beiläufigkeit fragte ich, ob sie eine Stasi-Akte habe.

Das weiß ich nicht, sagte sie, Heinrich und ich haben entschieden, dass wir da nicht hingehen. Es gibt Wahrheiten, ohne die es sich besser lebt.

Ich rutschte mit der Feile ab und schrammte zwischen Hildes Zehen die Haut entlang. Sie zuckte kurz, sagte aber nichts. So eine ist sie also, dachte ich, eine, die nur kurz zuckt und nichts sagt. Ich feilte nun mit der feinen Seite der Feile.

Und hat Jens eine Akte?, fragte ich und wischte Hilde den Nagelstaub von den Zehen.

Wenn ich nicht wüsste, sagte sie, dass du damals noch Quark im Schaufenster warst, wäre ich mir sicher, dass du bei der Stasi gewesen bist.

Und Sie, sagte ich, sind Sie bei der Stasi gewesen? Haben Sie dafür gesorgt, dass Antonias Mutter Berufsverbot bekam und das Land verlassen musste?

Hilde krümmte die Zehen, als wollte sie mit den Füßen eine Faust machen. Jetzt habe ich sie aus der Fassung gebracht, dachte ich und war stolz darauf, aber gleichzeitig ängstlich, dass sie mir nun nichts mehr erzählen würde. Ruckartig zog sie die Füße unter meinen Händen weg, tauchte sie kurz in die Wasserschüssel und stellte sie wieder auf der Fußbank ab.

Trockne mir die Füße ab und setz dich hin, sagte Hilde.

Ich gehorchte.

Dein Vater, sagte sie, hatte nicht eben ein Händchen für Frauen. Nachdem er sogar schon die Dachetage hier ausgebaut hatte, fiel Antonias Mutter plötzlich ein, dass sie nicht auf dem Land leben wollte. Jens hat sich nicht durchsetzen können, an Biss hat es ihm schon immer etwas gemangelt. Es war offensichtlich, dass diese Beziehung keine Zukunft hatte, aber trennen konnte dein Vater sich auch nicht.

Schon wieder war Jens mehr mein Vater als irgendetwas anderes, Hildes Sohn beispielsweise. Sie machte eine Pause und sah angestrengt auf die Tischplatte, als stünde dort in nur schwer lesbarer Krakelschrift geschrieben, was danach passierte.

Als deine Mutter später ebenfalls ihre Prioritäten anders

setzte, fuhr sie fort, hat sich Jens von seinem Traum von der eigenen Schmiede verabschiedet. Für meinen Heinrich war es das Todesurteil. Mit Jens auf dem Hof hätten wir es geschafft, die Schmiede auf Weststandard zu bringen. Aber deine Mutter –

Sie sah mich an und brach den Satz ab, ihr schien wieder einzufallen, wem sie das alles erzählte. Mit dem letzten Schluck kalten Kaffees schluckte ich all die bissigen Bemerkungen herunter, die mir durch den Kopf schossen. Ich war ganz dicht dran, die wichtigste aller Fragen beantwortet zu bekommen.

Was ist passiert am 4. Oktober?, fragte ich. Ist Jens in den Westen gegangen oder hat ihn die Stasi verhaftet?

Ich war so aufgeregt, dass es sich in meinem Magen zusammenzog. Bisher stand es Aussage gegen Aussage, die Version meiner Mutter gegen die von Antonia. Ich war die Richterin und Hilde meine wichtigste Zeugin, von der alles abhing. Sie wischte mit der Hand über die Tischplatte, immer wieder, und es lag etwas Vorwurfsvolles in der Bewegung, als hätte ich mit meiner Frage die saubere Tischplatte vollgekrümelt.

Wer erzählt denn so was, sagte sie schließlich, Jens hat immer gerne in der DDR gelebt und ist weder in den Westen gegangen noch eingesperrt worden.

Sie wischte noch einmal mit Nachdruck über den Tisch und ließ die Hand in den Schoß sinken.

Hinterher, sagte sie, wollen die Leute eine andere Geschichte haben. Hinterher wollen sie eine dicke Stasi-Akte, je dicker, desto besser. Und wenn sie die nicht haben, behaupten sie es eben, wer kann das schon überprüfen.

Ungläubig sah ich Hilde an.

Wie war es dann?, fragte ich.

Der Sozialismus beschützt die Leute, hat Jens immer

gesagt, aber wer beschützt den Sozialismus? Er hat gewusst, dass es so nicht weitergehen kann. Also ist er nach Berlin gefahren, um auf der großen Demonstration zu sprechen. Jens hat Reformen gefordert, wie wir alle. Aber bekommen haben wir den Westen, bekommen haben wir, was wir am wenigsten wollten. Heinrich hat von Anfang an nichts gehalten vom Demonstrieren. Das geht nach hinten los, hat er gesagt. Jens hat sich nie verziehen, zu diesem Ende beigetragen zu haben.

Im Zug zurück ließ ich mich in den Sitz sinken und schloss die Augen. Mir fielen die Monarchen des 16. und 17. Jahrhunderts ein, die von der Vorstellung geleitet waren, dass sie, wenn sie eine Karte anfertigen ließen, auch das abgebildete Territorium besaßen. Ganze Gebirge und Gebiete waren so nach Mitgliedern von Königshäusern benannt worden. Auch als die Nationalstaaten entstanden, war die Einheit einer Nation einfach herbeigezeichnet worden. Ich öffnete die Augen und lehnte den Kopf ans Fenster. Die Vatergeschichte auf unserer Familienkarte war der weiße Fleck, die Terra incognita, die es zu erforschen galt. Doch statt einer Einheit förderte mein Nachfragen bloß immer mehr Fabelwesen zutage. Ich beschloss, zu Hause als Erstes die Ebstorfer Weltkarte über meinem Schreibtisch abzuhängen; ich konnte keine geflügelten Tiger mehr sehen. Bis Berlin zählte ich Windräder.

HA III

Was die H sagt

Die H sagt, sie wisse nicht viel, aber sie wisse sicher, daß J nicht rübergemacht hat und auch nicht verhaftet wurde. Sie sagt, der 4. Oktober 1989 habe sich wie folgt abgespielt:

Am Vormittag wird die H von J vom Zahnarzt abgeholt. Sie fahren Richtung Kavelstorf, wo sich das Elternhaus und die Schmiede befinden. J legt eine Kassette der Liedermacherin Bettina Wegner ein, es läuft das Lied "Für meine weggegangenen Freunde". Er singt es auswendig mit: "Ich werde dieses Lied vielleicht nur summen, und eines Tages vielleicht ganz verstummen ..."
H sagt, er solle das ausmachen, woraufhin J nach dem Grund fragt.
Die H sagt, sie werde darüber nicht diskutieren, wenn die Genossen das mitbekämen.
Sie streckt den Arm Richtung Stopptaste des Kassettenspielers, aber J bekommt ihre Hand zu fassen und drückt sie weg.
Daß die Genossen das ruhig mitbekommen könnten, sagt er, die Genossen bekämen sowieso viel zuwenig mit.
Da habe sie sich jetzt aber verhört, sagt H.
Wenn es nach ihm ginge, würde er mal verhört, sagt J und lacht, er hätte denen da oben einiges mitzuteilen.
Dann ist ein Krisseln im Kassettenspieler zu hören, es gibt Bandsalat. J flucht laut und zieht die Kassette heraus.
Sogar das Gerät wolle die Musik nicht spielen, sagt H.
J wirft die kaputte Kassette hinter sich auf die Rückbank, wo der Kindersitz und seine Gitarre liegen. Die Kassette schlägt auf die Saiten, ein dissonanter Dreiklang ist zu

hören. Da keine Kassette mehr im Spieler ist, schaltet sich automatisch das Radio ein. Im Radio kommen gerade die Nachrichten, es ist Punkt neun. Der Sprecher berichtet, daß die Innenstadt von Berlin aufgrund einer Demonstration abgesperrt sei. Es werde empfohlen, das Gebiet großräumig zu umfahren. J schnippt seine Zigarette aus dem Fenster und kurbelt die Scheibe wieder hoch. Der Radiosprecher berichtet jetzt, daß die Kartäusernelke zur Blume des Jahres gewählt worden sei. Daran kann die H sich später so genau erinnern, weil sie zum ersten Mal den Namen der Blume hört, die nur neben ihrem Kompost wächst und sonst nirgendwo im Garten. Dann kommen sie an die Kreuzung von Landstraße und Fernverkehrsstraße. J fährt rechts ran und zieht die Handbremse.
Vielleicht seien sie bei ihm nicht an der falschen Adresse, sagt er. Er sagt auch, daß jemand den Genossen mal sagen müßte, daß sie den Sozialismus verraten, und daß er jetzt nach Berlin fahre, um ein paar Änderungen auf den Weg zu bringen.
Die H sagt, das lasse er schön bleiben, sie habe nicht zeit ihres Lebens für einen entnazifizierten und gerechten Staat gearbeitet, damit ausgerechnet J ihn jetzt unterwandere.
Daß die Schallplatte einen Sprung habe, sagt J, und man das einsehen müsse, sonst sei es mit dem Sozialismus schneller vorbei, als die H alle Titel Honeckers aussprechen könne.
Die H entgegnet, ein großer Widerstand sei viel zu gefährlich, man müsse die Probleme anders lösen, man müsse vielleicht in die Partei gehen.

J sagt, ein großer Widerstand sei das einzige, was noch helfen könne, und wenn die H nicht mitkommen wolle, müsse sie jetzt aussteigen.
Die beiden sehen sich einen Moment lang an, dann steigt J aus, geht einmal um den Wartburg herum und öffnet ihr die Beifahrertür. Die H steigt langsam aus und bittet ihren Sohn, dazubleiben.
Vergiß es einfach, sagt er.
Das werde ich versuchen, sagt sie.

Die H sagt, J sei eben einer, der nicht lange fackelt. Er habe es gut gemeint mit seinem Land. Was genau J in Berlin gemacht habe, wisse sie nicht. Als aber einen Monat später passiert, was passiert, als die H vor dem Fernseher sitzt und die Hände über dem Kopf zusammenschlägt und zu ihrem Heinrich sagt: "Heinrich, das ist das Ende", da weiß sie, daß J dabei war. Daß seine Intention eine ganz andere war als das Ergebnis, das habe er nie verwunden. Und das sei auch der Grund dafür, daß er nicht zurück in seine Heimat kam, sagt die H, er habe sich geschämt, und wenn sie mal ganz ehrlich sei, auch ein bißchen zu Recht.

Die Wahrscheinlichkeit, daß die Aussage der H der Wahrheit entspricht, hält sich allerdings in Grenzen. Denn J ist keiner, der einen politischen Standpunkt entwickelt, durchdenkt und danach handelt. J ist einer, der emotional reagiert. Unvorhersehbar und unberechenbar, wie ein Kind im Straßenverkehr.

gez. IM Selene

21

Um Tiger war es nie gegangen

Ich fuhr die letzte Runde einer Frühschicht auf der M17. Rechts und links der Tramtrasse war Mittagspause, im Fahrgastraumspiegel beobachtete ich meine Passagiere, die Bäckertüten und Kaffeebecher in den Händen hielten. Ich musste an das letzte Treffen mit Karl denken. Vom Restaurant waren wir für einen Absacker in eine Bar und dann zu ihm gegangen, diesmal hatten wir auch miteinander geschlafen. Am Morgen kam Karl mit zwei Tassen Kaffee ans Bett und hielt mir eine hin. *Karl* stand in Schnörkelschrift auf seiner, *Gast* auf meiner. Und da hatte ich mich plötzlich gefragt, was Karl eigentlich für ein Mensch war, dass er solche Tassen nicht nur besaß, sondern sie auch beschriftungsgetreu einsetzte.

Als ich nahe der Haltestelle Criegernweg abbremste, sah ich meine Mutter die Straße überqueren. Neben ihr ging ein Mann, den ich ohne seine Uniform fast nicht wiedererkannt hätte. Reiner trug Hemd und Sakko und ich fragte mich, ob er privat immer so aussah. Ich fuhr im Schritttempo hinter den zwei Personen auf der anderen Straßenseite her. Ich erkannte die Bewegungen meiner Mutter, die mit den Händen in den Hosentaschen den Bürgersteig entlangging, und konnte die Halbglatze eindeutig Reiner zuordnen. Aber nebeneinander ergaben die Einzelteile keinen Sinn, als würde man die *Tagesschau* mit der Tonspur der *Aktuellen Kamera* gucken.

Am Tierpark kaufte Reiner Eintrittskarten. Ich brachte die Bahn zum Stehen, während sich in meinem Kopf alles beschleunigte. Was taten hier zwei miteinander, die nichts verband, außer mich zu kennen? Sprachen sie über mich? Und warum wusste ich von nichts? Die beiden gaben sich keine Mühe, nicht gesehen zu werden. Aber falls Reiner meinen Schichtplan eingesehen hatte, ging er eh davon aus, dass ich heute die M8 durch Marzahn fuhr. Dass die Linien am Morgen getauscht worden waren, konnte er nicht ahnen. Ich wartete, bis sie hinter den Toren verschwunden waren, dann drückte ich den Knopf, der alle Türen öffnete, stieg aus der Bahn, rannte über die Straße und kaufte mir auch eine Karte. Bei den Ziegen holte ich sie ein. Ich schätzte die Herde auf dreißig Tiere, dreißig Ziegenhäute, etwa so viele, wie zur Herstellung der Ebstorfer Weltkarte nötig gewesen waren. Ich verlangsamte meinen Schritt und folgte den beiden mit einem Sicherheitsabstand. Sie gingen langsam, als würden sie spazieren, was mich fast noch mehr verwunderte als ihr bloßes Beisammensein, denn beide waren nicht die Art Menschen, die spazieren gingen. Ich schätzte den Abstand ihrer Ellenbogen zueinander auf zwanzig Zentimeter, was absurd war: Der Abstand ihrer Ellenbogen zueinander hatte ein viel größerer und vor allem zufälliger zu sein, da sie sich im Grunde nicht kannten. Sie waren sich zwar bei meinem Umzug begegnet, aber ich konnte mich nicht daran erinnern, dass sie sich länger unterhalten hätten.

Sie gingen an den Atlashirschen vorbei, an den Zwergwapitis, dem Pelikanhaus, den Malaienbären, den Kranichen. Ich wollte hören, worüber sie redeten, musste meinen Sicherheitsabstand aber vergrößern, da hier weniger Büsche und Besucher waren, hinter denen ich ihnen unauffällig folgen konnte. Ich konnte nicht sagen, ob Reiner mit meiner Mutter oder meine Mutter mit Reiner spazieren ging. Ich versuchte zu erkennen, welcher Körper den entscheidenden Impuls gab, in diese oder jene Richtung zu gehen. Sicher war ich mir nicht, aber ich hatte den Eindruck, meine Mutter würde etwas forscher voranschreiten als Reiner. Am Gehege der Riesenschildkröten blieben sie stehen. Ich versteckte mich hinter einer Mülltonne, von wo ich sowohl die Schildkröten als auch Reiner und meine Mutter unbemerkt beobachten konnte. Bei meiner Mutter im Streichelzoo hatte ich die Schildkröten nie besonders gemocht. Da meine Mutter nicht alle Fundtiere, die sie anschleppte, retten konnte, hatte ich mir angewöhnt, jedes Tier auf seine Vitalfunktionen zu überprüfen. Schildkröten musste man manchmal sehr lange anschauen, wenn man sicher sein wollte, dass sie noch am Leben waren. Bei diesen Riesenschildkröten gab es allerdings keinen Zweifel. Auch Reiner streckte den Arm aus und zeigte auf zwei Exemplare, die gerade miteinander kämpften. Immer wieder stemmten sie sich ungelenk aneinander hoch und ließen ihre Panzer donnernd gegeneinanderkrachen. Um Reiner und meine Mutter hatte sich eine Traube aus Schulkindern gebildet, die dem Spektakel gebannt zusahen. Für den Kampf schienen sich die beiden aber nicht besonders zu interessieren. Meine Mutter gestikulierte mit den Händen, Reiner hielt jetzt die Arme vor der Brust verschränkt. Auch als es im Gehege am spannendsten wurde, weil eine der Schildkröten auf den Rücken fiel und mit den Beinen in der Luft strampelte, waren sie nur mit sich beschäftigt und schoben sich aus der Kindertraube. Wider Erwarten gingen sie nicht weiter, sondern liefen den Weg in meine

Richtung zurück. Ich duckte mich noch tiefer hinter die Mülltonne. Ihre Stimmen wurden langsam lauter, bis sie so nah waren, dass ich sie fast verstehen konnte. Doch dann drehte eine Pflegerin die Schildkröte wieder um und verpasste ihrem Widersacher eins auf die Nase, woraufhin die Kindertraube in lautes Grölen ausbrach. Reiner und meine Mutter spazierten in Ruhe den Weg entlang, und ich meinte zu erkennen, dass Reiner meiner Mutter eine Hand auf die Schulter legte. Dann bogen sie in Richtung des Affenhauses ab. Erst jetzt merkte ich, dass ich vor Kälte schlotterte, ich hatte meine Jacke in der Bahn liegen gelassen. Bei dem Gedanken erschrak ich. Wie lange war ich schon weg? Ich rannte zurück zur Haltestelle. Wir fuhren hier im Fünfminutentakt, und hinter meiner Bahn standen bereits drei weitere. Die Kollegen kannte ich nur vom Sehen. Sie kamen mir entgegen und redeten lautstark auf mich ein, während ich wieder in die Fahrerkabine stieg. Ich drückte auf den Knopf, der alle Türen auf einmal schloss, und fuhr los.

Eine Viertelstunde später stellte ich die Bahn auf dem Betriebshof Lichtenberg ab. Der Schichtleiter winkte mich zu sich.

Können Sie mir diesen Irrsinn erklären?, fragte er.

Ich wusste nicht, was ich antworten sollte.

Sie sind noch in der Probezeit?

Ich nickte.

Bis auf Weiteres sind Sie vom Dienst freigestellt, sagte er und wandte sich ab.

Zu Hause schaute ich die Ebstorfer Weltkarte über meinem Schreibtisch an, die ich doch nicht abgehängt hatte. Mir fiel zum ersten Mal ein gerüsseltes Schwein auf, in der Nähe von Jesu Füßen. Obwohl ich, wenn man alle Stunden zusammenrechnete, sicher schon zwei Wochen meines Lebens mit dem Betrachten dieser Karte verbracht hatte, entdeckte ich immer noch neue Fabelwesen. Mich ärgerte dieses gerüsselte Schwein. Ich holte meine Nagelschere aus dem Bad und schnitt es aus der Karte heraus. Dann sah ich den geflügelten Tiger an, der auf einmal große Klauen hatte und dessen Maul einem Schnabel ähnelte. Vielleicht musste man ihn eher einen getigerten Vogel nennen. Wobei, streng genommen war es überhaupt kein Tiger, es fehlten die Streifen, eher war es ein Löwe oder Puma. Da war ich schon von einer Tierärztin erzogen worden und konnte nicht einmal einen Tiger von einem Löwen unterscheiden. Ich bedauerte mich für die mangelhafte Erziehung durch meine Mutter, in der es nur um einheimische Tiere und nie um Tiger gegangen war. Und von derselben Erziehungsberechtigten wurde mir offensichtlich noch viel mehr verheimlicht.

Ich ging ins Badezimmer, räumte die Nagelschere weg und befestigte das Schwein am Spiegel. Vielleicht waren sich Reiner und meine Mutter heute einfach zufällig über den Weg gelaufen und hatten sich wiedererkannt. Aber warum hatten sie beschlossen, zusammen in den Zoo zu gehen? Und was machte meine Mutter in Berlin? Warum meldete sie sich nicht bei mir, wenn sie schon in der Nähe war? Ich setzte mich auf den Klodeckel und sah das gerüsselte Schwein an. Dabei dachte ich, dass es auch ganz anders gewesen sein könnte: Vielleicht kannten sie sich von früher, und zwar so gut, dass er ihr eine Hand auf die Schulter legen konnte. Aber warum hätten sie beim Umzug ein Geheimnis daraus machen sollen? Das ergab keinen Sinn.

Ich rutschte unruhig auf dem Klodeckel hin und her. Vielleicht war die Hand auf der Schulter die Geste zweier alter Kollegen gewesen, die sich lange nicht gesehen hatten. Vielleicht hatte nicht nur Reiner, sondern auch meine Mutter für die Stasi gearbeitet. Natürlich hätten sie sich auch aus anderen Kontexten kennen können. Aber die Stasi war der einzige, den zu verheimlichen mir augenblicklich einleuchtete. Ich musste kurz auflachen, das war absurd. Bestimmt waren sie sich heute doch nur zufällig begegnet. Kurz entschlossen rief ich meine Mutter an.

Ich wollte nur mal hören, was es Neues gibt, sagte ich.

Nicht viel, sagte meine Mutter, und bei dir?

Was hast du gemacht heute?, hakte ich nach.

Ich war arbeiten, sagte sie.

Den ganzen Tag?

Ja.

Aber du hast doch nur eine Halbtagsstelle.

Das war eine Ausnahme, sagte sie, die Futterinventur musste fertig werden, dafür muss ich Sonntag nicht hin. Was gibt's bei dir Neues?

Ich wusste nicht, was ich antworten sollte.

Alles in Ordnung, aber mein Akku ist gleich alle, sagte ich dann, verabschiedete mich schnell und legte auf.

Ich blieb einen Moment lang regungslos sitzen und schaute das schwarze Display an. Futterinventur. Irgendetwas stimmte hier nicht, und zwar etwas Wichtiges, so viel war klar. Einmal angenommen, sie wäre tatsächlich bei der Stasi gewesen – würde sie sich heimlich mit Reiner absprechen, nur damit ich es nicht herausfand? Was hatte das alles mit mir zu tun? Mir fiel wieder ein, dass meine Mutter mir fast eine gescheuert hatte, als ich Jens' Akte beantragen wollte. Vielleicht hing Jens da mit drin. Vielleicht war es bei den Streitereien in Wahrheit darum gegangen. Und vielleicht hatte meine Mutter sogar ihn bespitzelt. Wenn das stimmte, würden weder Hilde noch die Mauer Schuld an meiner vaterlosen Kindheit tragen, sondern einzig und allein meine Mutter. Ich dachte an den Satz über meine Mutter, den Hilde nicht zu Ende gebracht hatte. Vielleicht war es dabei um die Stasi gegangen. Ihre Kollaboration wäre ein guter Grund dafür, dass Jens nicht wiedergekommen war. Manche Entscheidungen kann man nicht rückgängig machen, das hatte sie selbst gesagt. Das war zwar eine kühne Theorie, aber wenn Tiger plötzlich Löwen waren, eine Metastase ausgerechnet das Sprachzentrum lahmlegte und eine Großmutter unverhofft von den Toten auferstand, dann war es nicht unmöglich, dass meine Mutter sehr viel mehr mit Jens' Verschwinden zu tun hatte, als sie je zugeben würde.

Ich ging eine Weile in der Wohnung umher, dann setzte ich mich an die Schreibmaschine und zog ein Blatt Papier ein. *Einschätzung der IM* schrieb ich darauf. Ich hämmerte die Buchstaben so fest aufs Papier, dass sie auch ohne Farbband gut sichtbar gewesen wären. Dann starrte ich lange das Blatt an. Ich wollte meine Vermutung aufschreiben, ich wollte die Schuld verteilen, ich wollte eine Anklage verfassen. Aber mir fiel kein erster Satz ein, kein erstes Wort, und auch sonst fühlte ich mich leer. Ich sah zur Ebstorfer Weltkarte hoch, betrachtete den geflügelten Tiger. Ich hatte ihn schon zu lange so genannt, um ihn jetzt noch umzutaufen.

HA KuSch Rostock, den 7.4.1985

Einschätzung der IM

Mit Astrid Haller konnte eine wichtige IM gewonnen werden. Sie sagte zu, regelmäßig über die Aktivitäten ihres Umfeldes zu berichten. Sie ist grundsätzlich eine analytische Person, die weiß, was sie tut. Als Leiterin des Tierheims Ost-Uckermark ist sie als sehr vertrauenswürdig einzuschätzen und auch fähig, ihre Konspiration zu bewahren.

gez. Selene
Major

22

Die Säue zu mir, die Böcke zu dir

Ich betrat die Wohnung meiner Mutter, im Flur ging das Licht nicht.

Hallo?, rief ich ins Dunkel, bekam aber keine Antwort. Ich leuchtete mit meinem Handy auf die Ablage. Weder ihre Arbeitshandschuhe noch die Lederhandschuhe, die sie beim Autofahren trug, lagen dort, sie musste im Zoo sein.

Im Treppenhaus hing noch immer der Zettel, auf dem meine Mutter Unterschriften gegen die Einmauerung des Komposthaufens gesammelt hatte, die Pietreks hatten nicht unterschrieben. Stattdessen hatte jemand *Ja zu reinem Revier! Nein zu stinkendem Getier!* danebengeschrieben.

Mein Handy klingelte, es war Sarah. Wir hatten uns seit Wochen nicht gehört, ich nahm ab und erklärte ihr, weshalb ich gerade bei meiner Mutter war.

Bei der Stasi?, fragte sie. Spinnst du jetzt total? Das ist doch Quatsch.

Ich ruf dich später an, sagte ich und legte auf. Ich hatte jetzt keine Zeit, Sarah die Indizienkette zu erläutern. Und selbst wenn es nicht stimmte, ich würde es nur herausfinden, wenn ich meine Mutter damit konfrontierte.

Als ich auf mein Fahrrad stieg, machte es mich sonderbar glücklich, genau zu wissen, welche Strecke vor mir lag: Ich würde neun Kilometer Landstraße zurücklegen, drei Dörfer durchqueren und an zwei Blitzern vorbeifahren, von denen einer nur Attrappe war. Die Felder würden umgepflügt und für die Hafersaat vorbereitet sein, der Winterweizen würde mir schon bis über die Knöchel reichen. Die Uckermark war die größte Fläche, auf der ich ohne Karte auskam. So, wie die schriftlosen Völker innere Karten gehabt hatten, von Wasserstellen in der Wüste, von den Routen der umherziehenden Tiere und den Plätzen, an denen sie am besten zu erlegen waren, so hatte ich eine vollständige innere Karte der Uckermark, hier kannte ich jede Bushaltestelle und jeden Gartenzwerg. Ich war wieder in der Terra ukera, auf festem Boden, wo ich die Routen meiner Mutter bestens kannte und auch den Streichelzoo, in dem ich ihr Geheimnis erlegen würde wie ein wildes Tier.

Ich fand meine Mutter am Meerschweingehege.

Was machst du hier?, fragte sie, als sie mich sah.

Ich wollte dich überraschen, sagte ich.

Sie nahm den Spaten von der rechten in die linke Hand und drückte mir einen flüchtigen Kuss auf die Wange, der so beiläufig war, als hätten wir uns gestern erst gesehen. Dabei hatte nur ich sie gesehen.

Ich muss die Säue von den Böcken trennen, sagte sie, ich habe jetzt keine Zeit.

Ich könnte dir helfen, sagte ich.

Meine Mutter musterte mich von Kopf bis Fuß, mit dieser stillen Verachtung im Blick, die man gegenüber Großstädtern schnell entwickelt. Ich selbst hatte mit diesem Blick oft auf meine Mitschülerinnen geschaut, die zum Wandertag in hellen Kleidchen erschienen waren und deren Mütter am Nachmittag geschimpft hatten, wenn die Kleidchen dreckig geworden waren. Und nun stand ich mit beigefarbenem Mantel im Zoo und wollte mit anpacken. Ich wünschte mich in meine schwarze Cordlatzhose zurück und ärgerte mich darüber, dass meine Mutter mit einem einzigen Blick aus mir wieder ihr kleines Mädchen gemacht hatte, das am liebsten Latzhosen trug.

Sie drückte mir den Spaten in die Hand, dann holte sie eine Rolle Maschendraht, eine Kneifzange und einige längliche Metallteile aus dem Schuppen neben dem Meerschweingehege.

Wozu ist das gut?, fragte ich und deutete mit dem Kinn auf die Metallteile.

Verständnis kommt vor Sprache, sagte sie und stieg mit einem großen Schritt ins Gehege. Diese Muttersätze waren hinterhältig, sie sollten mich zum Nachfragen zwingen. Anstatt nachzufragen, kletterte ich ebenfalls ins Gehege. Die Tiere wuselten aufgeregt durcheinander und verkrochen sich in ihren Häuschen. Mit der Schuhspitze zog meine Mutter eine Linie in den Sand, die das Gehege zweiteilte.

Entlang dieser Linie hebst du eine Vertiefung von fünf Zentimetern aus, sagte sie.

Ich begann zu graben. Sie selbst wickelte den Maschendraht von der Rolle und trennte mit der Zange ein passendes Stück ab.

Kinder verstehen mehr, als sie auszudrücken imstande sind, sagte sie. Aber das vergessen sie, wenn sie groß werden, und dann reden sie, bevor sie den Versuch des Verstehens überhaupt unternommen haben.

Auf meinem rechten Handballen spürte ich die Hitze,

die eine Blase ankündigte. Meine Mutter trug dicke Arbeitshandschuhe, aber meine kalten Finger waren ungeschützt.

Ich wäre ja traurig darüber, plötzlich in einer halbierten Herde zu sitzen, sagte ich.

Die Säue bekommen bald Nachwuchs, sagte sie. Gleich nach der Geburt sind sie wieder brünstig, und die Böcke würden sofort nachdecken, was gesundheitliche Schäden für die Säue bedeuten kann. Deswegen dürfen die Böcke bei der Geburt nicht dabei sein.

Ich stellte den Spaten beiseite, die Blase auf meinem Handballen war schon zu sehen. Wir nahmen den Maschendraht jede an einem Ende hoch und stellten ihn in die Vertiefung.

War Jens bei meiner Geburt dabei?, fragte ich.

Meine Mutter verschränkte die Arme. Das Drahtgitter sank zu Boden und einige Meerschweinchen nutzten die Gelegenheit, um von meiner auf ihre Seite des Zauns zu wechseln.

Johanna, warum bist du hergekommen, sagte sie. Erst lässt du wochenlang nichts von dir hören, dann rufst du an und bist kurz angebunden, und jetzt tauchst du hier auf und machst ein Gesicht, als hätte ich dich enterbt.

Ich möchte etwas mit dir besprechen, sagte ich, zögerlicher als ich es mir vorgenommen hatte. Sie hob den Maschendraht wieder auf und trat den Sand entlang des Zaunes fest. Ich tat es ihr auf meiner Seite gleich. Dann reichte sie mir die Hälfte der Metallstücke.

Das sind verzinkte Erdanker, sagte sie, damit befestigst du das Drahtgeflecht in der Erde, alle fünfzehn Zentimeter einen.

Ich nickte, steckte die Anker in die Erde und trat sie mit dem Fuß fest. Dann standen wir da, sie mit ihren Handschuhen und ich mit der Blase auf dem Handballen, zwischen uns der Maschendraht. Meine Mutter sah mich auffordernd an, aber ich bekam kein Wort heraus. Sie drehte sich um und griff nach einem Meerschwein.

Die Säue zu mir, die Böcke zu dir, sagte sie und hielt mir das quiekende Schwein entgegen. Ich nahm es ihr ab und setzte es auf meiner Gehegeseite auf den Boden. Dann griff ich nach einem der dicksten Tiere, um eine trächtige Sau zu erwischen. Ich reichte ihr meinen Fang über den Zaun.

Warst du bei der Stasi?, fragte ich.

Meine Mutter drehte das Meerschwein um und schaute ihm zwischen die Beine. Ich hielt die Luft an, bis sie zu reden begann, und es kam mir vor wie eine sehr lange Zeit, doch gerade noch kurz genug, um nicht zu ersticken.

Das ist keine Sau, das ist nur fett, sagte sie und gab mir das Schwein zurück. Ist das eine ernst gemeinte Frage?

Der Bock in meinen Händen versuchte sich freizustrampeln, aber ich hielt ihn fest und sah meine Mutter an.

Eigentlich schön, dass du dich mal für mich interessierst, sagte sie, Kinder tun ja immer so, als hätten die Eltern vor ihrer Geburt kein Leben gehabt. Aber das ist alles, was dir dazu einfällt? Das ist die Frage, die du an mich hast, ob ich früher bei der Stasi war?

Sie sah mich einen Moment lang an, und als ich nicht antwortete, bückte sie sich und hielt mir ein weiteres Tier hin. Ich nahm es ihr ab.

Kannst du bitte einfach meine Frage beantworten, sagte ich.

Ob ich ein Spitzel war, sagte sie verächtlich und suchte mit den Augen nach dem nächsten zu packenden Schwein. Mir ist ja klar, dass die Sieger der Geschichte so die guten von den schlechten Ossis trennen. Und ich habe schon oft mit dieser Frage gerechnet. Aber dass sie ausgerechnet meine Tochter stellt –

Sie lachte ihr kurzes bitteres Lachen.

Nein, sagte sie dann, ich war nicht bei der Stasi.

Ich hatte dieses Gespräch in Gedanken mehrfach durchgespielt. Und ich hatte beschlossen, mich nicht abfertigen zu lassen.

Dann erkläre mir mal, sagte ich, wieso du mit Reiner durch den Berliner Tierpark spazierst.

Sie schaute konzentriert ihren linken Handschuh an, den sie immer wieder aus- und anzog.

Hat Reiner dir davon erzählt?

Ich habe euch gesehen.

Meine Mutter seufzte und wandte sich wieder der Herde auf ihrer Zaunseite zu.

Kannst du dir das nicht denken, sagte sie.

Sie sah mich nicht an beim Sprechen, sie nahm ein Meerschwein nach dem anderen hoch und schaute ihm zwischen die Beine. Ich war sicher, dass auch sie längst den Überblick verloren hatte und jedes Tier drei Mal auf sein Geschlecht überprüfte.

Das kann ich mir denken, sagte ich und nahm zwei Schweine auf einmal entgegen. Reiner war bei der Stasi, das hat er mir selbst erzählt. Bei meinem Umzug habt ihr euch wiedergesehen und ziemlich gut überspielt, dass ihr euch von damals kennt. Als ich Jens' Akte beantragen wollte, hast du Panik bekommen, dass ich Nachforschungen anstelle und alles auffliegt. Also hast du dich mit Reiner verabredet, um herauszufinden, was ich weiß, oder damit er mir ja nichts sagt, oder sogar um ihn zu bitten, auf mich aufzupassen, damit ich die Akte nicht beantrage. Denn wenn ich erfahre, dass ich eine Stasi-Mutter habe, kommt auch raus, dass du vielleicht nicht ganz unschuldig bist an Jens' Verschwinden.

Ich setzte die Böcke ab, mit denen ich beim Sprechen herumgefuchtelt hatte. Meine Mutter zog sich den Handschuh aus und wischte sich über die Stirn.

Reiner war also bei der Stasi, sagte sie, auf einmal sehr leise, und starrte auf einen fernen Punkt rechts hinter meinem Kopf. Es machte mich rasend, wie sie gekonnt betroffen schaute, so tat, als wüsste sie von nichts, und keine Erklärung für den Zoobesuch mit Reiner lieferte. Wahrscheinlich wollte sie Zeit schinden, um eine gute Ausrede zu erfinden. Trotz meiner Wut holte ich den Zettel nur zögerlich aus der Tasche. Dort stand eine Einschätzung der inoffiziellen Mitarbeiterin Astrid Haller. Für den Notfall, hatte ich gedacht. Die Einschätzung hatte ich so allgemein gehalten, dass meine Mutter hoffentlich keinen Verdacht schöpfen würde. Ich reichte ihr das Papier wortlos über den Zaun. Sie warf einen flüchtigen Blick darauf, dann schaute sie wieder zu mir.

Du hattest mir versprochen, Jens' Akte nicht zu beantragen, sagte sie.

Lies lieber, sagte ich.

Was immer da steht, sagte sie, ich möchte es nicht wissen.

Was da steht, sagte ich, das weißt du schon.

Und dann las sie. Wir standen lange bewegungslos voreinander, sie mit Blick auf das Papier, ich mit Blick auf ihre Augen, die wieder und wieder zur Überschrift sprangen, um die wenigen Zeilen noch einmal zu lesen. Wir standen so lange still, dass sich die ersten Meerschweine bereits aus ihren Häuschen trauten, als wären wir schon lange nicht mehr da. Und während ich ihr beim Lesen zusah, dachte ich an die Kleinraumkarten der DDR, auf denen die Grenzverläufe absichtlich falsch eingezeichnet gewesen waren, damit die Karten zur Republikflucht nicht taugten. Flüchtige sollten sich schon sicher im Westen wähnen, wenn die Grenzpatrouillen erst noch bevorstanden. Schließlich ließ sie das Papier sinken.

Hast du das geschrieben?, fragte sie.

Ich schaute zu Boden.

Ich weiß nicht viel darüber, was sie mit dem Horch-und-Guck-Papier heute anstellen, sagte meine Mutter, aber ich weiß, dass die Akten nur als Kopie herausgegeben werden und dass auf diesen Kopien immer ein Stempel ist.

Sie sagte das in einem Tonfall, den ich nicht verstand, ein bisschen so, als wollte sie sich bei mir entschuldigen. Oder vielleicht eher so, als hätte sie Mitleid. Der Stempel, wie hatte ich den Stempel vergessen können?

Warum, fragte sie und jetzt klang sie strenger, warum machst du so etwas?

Nun war ich es, die auf einen fernen Punkt rechts hinter ihrem Kopf starrte. In meinem Kopf war es seltsam heiß, und alle Worte verschmolzen auf dem Weg zum Mund zu einer trockenen Masse, die mir im Rachen klebte und das Schlucken schwer machte.

Ich weiß nicht, sagte ich und sah sie an, ich will doch nur –

Reiner und ich –, sagte meine Mutter, und ihre Mundwinkel zögerten, wie der Sekundenzeiger der Berliner Bahnhofsuhren, der auf zwölf Uhr immer kurz innehielt, als überlegte er, ob er die nächste Runde wirklich laufen sollte.

Reiner und ich, sagte sie, wir sind, bei deinem Umzug, wir haben uns verliebt, also ineinander.

Meine Mutter wurde immer leiser, während sie redete. Und je leiser sie wurde, desto mehr glaubte ich ihr.

Ihr habt damals kein Wort miteinander gewechselt, sagte ich.

Nachher habe ich Reiner ein Stück mit dem Auto mitgenommen, sagte meine Mutter, und seither treffen wir uns gelegentlich.

Sie setzte zu einem weiteren Satz an, schloss den Mund dann aber wieder. Wir schwiegen einen Moment.

Es tut mir leid, dass ich dich gestern angelogen habe, sagte sie dann. Aber ich muss meiner Tochter auch keine Rechenschaft darüber ablegen, in wen ich mich verliebe. Ich wollte es dir ja erzählen, sobald Reiner nicht mehr dein Ausbilder ist, es gab bloß noch keine richtige Gelegenheit. Aber dass du stattdessen –

Sie brach den Satz ab und ich schaute zu Boden. Die Meerschweinchen auf meiner Seite hatten sich in die Ecken verkrochen und uns das Feld überlassen. Ich hätte mich auch gern in eine Ecke verkrochen. Stattdessen hob ich ein Meerschwein hoch und sah ihm zwischen die Beine, als könnte es doch noch auf die andere Zaunseite gehören, als könnte ich nicht gesagt haben, was ich gesagt hatte, als könnte ich die Buchstaben auf dem Zettel, den meine Mutter noch immer in der Hand hielt, einfach verschwinden lassen. Natürlich war das Schwein ein Bock. Ich wusste nicht, was ich mit den Händen tun sollte, wenn ich es auf den Boden setzte, also hielt ich es fest, hielt mich an dem Schwein fest. Das Schwein mit Rüssel, über das ich mich gestern noch geärgert hatte, wäre mir tausend Mal lieber gewesen als das Schwein ohne Rüssel auf meinem Arm, das zweifelsohne kein Fabelwesen, sondern haarige Realität war. Ich war kurz sicher gewesen, mit meiner Vermutung recht zu haben. So sicher, wie Kolumbus sicher gewesen war, Indien entdeckt zu haben. Kolumbus hatte allerdings nichts von seinem Irrtum erfahren, insofern war es ihm besser ergangen als mir, die ich hier stand und mir beim besten Willen nicht vorstellen konnte, dass meine Mutter einen Mann hatte. Ich konnte mich zwar an Nächte erinnern, in denen sie nicht nach Hause gekommen war, aber von den Gründen dafür hatte ich nie einen kennengelernt. Ich hatte mir immer gewünscht, dass da noch jemand war, der mein Fahrrad reparierte und mal eine Rechnung bezahlte. Aber mit den Jahren hatte ich die Hoffnung aufgegeben, und ein Mann an ihrer Seite war unvorstellbar geworden. Dieser unvorstellbare Mann war nun ausgerechnet Reiner, dem ich versprochen hatte, niemandem von seiner Stasi-Vergangenheit zu erzählen. Und ich hatte es genau der Frau erzählt, in die er offenbar verliebt war.

Reiner war nur ein bisschen bei der Stasi, sagte ich schnell, er hat nur eine Liste geschrieben, höchstens eine Liste.

Ich setzte das Schwein auf den Boden.

Und die Unterstellungen, fuhr ich fort, es tut mir leid, wirklich.

Meine Mutter schaute angestrengt auf das Papier in ihrer Hand, mit dem gleichen sorgenvollen Blick, mit dem sie früher auf Briefumschläge geschaut hatte, in denen sie Rechnungen vermutete, die sie nicht bezahlen konnte. Dann reichte sie mir das Blatt über den Zaun.

Ich weiß nicht, was ich dazu sagen soll, sagte meine Mutter, das ist, also vielleicht lassen wir uns mal eine Weile in Ruhe. Und vielleicht hörst du mal auf, nach hinten zu schauen, und schaust stattdessen ein bisschen nach vorne.

Vorne gibt es nichts zu sehen, sagte ich.

Während wir das Werkzeug schweigend zusammenräumten, überlegte ich, ob meine Mutter mir bald wieder einen Ratgeber schicken würde, und was für einer es diesmal sein müsste, um sowohl ihre als auch meine Stirnfalten zu glätten. Ich kam zu dem Schluss, dass es ein solches Buch nicht gab.

HA IV

Neue Vermutungen in der Vermißtensache "Jens Borg"

Vielleicht muß man mal ganz anders an die Sache rangehen. Umdenken. Vorwärtsdiskutieren. Zusammentragen, was sonst so gewußt wird über die Verhältnisse, im allgemeinen und im besonderen. Denn eigentlich tut es nichts zur Sache, ob J am 4. Oktober in den Westen oder im Osten verschwindet, weil dieser Unterschied schon fünf Wochen später keiner mehr ist. Fakt ist, daß er fortan in Berlin lebt (falls das doch noch von Interesse sein sollte: in Ostberlin). Also noch mal von vorn.

Personenerfassung

Name: Jens Borg
Kinder: 2 Mädchen (Antonia und Johanna)
Geburtstag: 5.3. (wie Rosa Luxemburg) 1954
Beschreibung: J wurde vor allem sitzend und liegend gesehen, ist aber groß, schätzungsweise 1,90 m.
Besondere Erkennungsmerkmale: mindestens 19 Leberflecken: 4 zwischen den Brusthaaren, 9 am rechten Bein, 5 am linken Bein und 1 zwischen Zeige- und Mittelfinger der rechten Hand
Tätigkeit: gelernter Schmied, Tausendsassa, Taugenichts
Ausdrucksweise: schwammig bis lückenhaft (Beispielsweise seine unpräzise Verwendung des Artikels "die", wenn er sagt, "die haben mich um 50000 Mark betrogen", läßt an die oft gesagten Sätze von Großeltern denken. Sätze wie diese: "Die denken nur an ihren eigenen Vorteil. Die interessiert es nicht, was wir durchgemacht haben. Die halten sich für was Besseres. Die sind so rücksichtslos, wie unsere Blätter immer behauptet haben. Und die

sollen uns jetzt Demokratie beibringen." Es kann vermutet werden, daß J dieselben meint wie die Großeltern. Manche Großväter sind an der Wiedervereinigung gestorben, sagen die dazugehörigen Großmütter. Die Wiedervereinigung klingt wie eine tödliche Krankheit, wenn eine Großmutter das sagt. Die tödliche Krankheit von J hingegen ist nicht dieselbe wie die der Großväter.)

Kategorienspiel

Ein Deutscher ist ein Ostdeutscher oder ein Westdeutscher. Ein Westdeutscher ist ein Westdeutscher. Ein Ostdeutscher hingegen ist ein Wendegewinner oder ein Wendeverlierer. Die Einteilung in Wendegewinner oder Wendeverlierer wird vom Ostdeutschen selbst vorgenommen.

Überprüfung der Selbsteinordnung der hier relevanten Personen:

Astrid war 28, hatte Veterinärmedizin studiert und leitete ein Tierheim, sie hatte einen etwas unzuverlässigen, aber liebenswerten Mann an ihrer Seite und eine Tochter, sie konnte ihre Rechnungen bezahlen und zweimal im Jahr in den Urlaub fahren, nach Ungarn oder an die Ostsee, sie fand ihr Leben ziemlich in Ordnung. Bis auf die Tochter kam ihr mit der Wende all das abhanden. Sie zählt sich zu den Wendeverlierern. Nicht ersichtlich ist aber, weshalb sie nie wieder als Tierärztin gearbeitet hat, was zumindest die Sache mit den Rechnungen und dem Urlaub gelöst hätte, und wer weiß, vielleicht wäre auch eines Tages ein attraktiver Kaninchenbesitzer vorbeigekommen.

J kannte die Spielregeln des neuen Systems nicht und ist daran gescheitert. Danach kam er wirtschaftlich nie wieder auf die Beine. Er ist nicht nur ein Wendeverlierer, er ist in aller erster Linie ein Familienverlierer. Daß das vollkommen unnötig war, bedarf keiner Erläuterung. Es bedarf hingegen einer Erläuterung, weshalb das völlig Unnötige dennoch eintrat.

Js Vater Heinrich war zum Zeitpunkt des Mauerfalls 57. Damit war er zu alt, um noch mal von vorn zu beginnen, und zu jung, um in Rente zu gehen. Dennoch hat er einige Jahre lang versucht, seine Schmiede "auf Weststandard zu bringen", wie er es nannte. Er informierte sich über neuartige Materialien und Produktionsmethoden und ließ Visitenkarten auf Hochglanzpapier drucken. Doch das Geld für die Anschaffung neuer Maschinen fehlte. Auch fehlten der Schmiede der Geist und die Kraft eines jungen Mannes, der all das einmal hätte übernehmen können. Sechs Jahre später fand Heinrich einen plötzlichen Tod durch Überarbeitung, eines Morgens lag er leblos in seiner Schmiede. Er gehört zu denen, die an der Wende gestorben sind. Wenn er aber zu einem früheren Zeitpunkt nicht das Verhältnis zu seinem einzigen Sohn ruiniert hätte, wäre es nicht soweit gekommen.

Js Mutter Hilde hat bis zur Wende im Fliesenwerk Boizenburg gearbeitet. Zuerst am Fließband, bald als Schichtleiterin, dann wurde sie in der Buchhaltung ausgebildet. Außerdem hat sie die Tanzabende, Geburtstags- und Weihnachtsfeiern organisiert, was insgeheim ihre liebste Aufgabe war. Nach der Wende wurde das Fliesenwerk zwar nicht geschlossen, aber aufgekauft, modernisiert, umstrukturiert. Bei den Rationalisierungsmaßnahmen verlor Hilde ihre Anstellung. "Hier wird jetzt mit Westmark gerechnet, verstehen Sie?" hat der neue Personalmanager gesagt und ihre Kündigung gemeint. Fortan versuchte Hilde, ihrem Mann bei der Erhaltung der Schmiede zu helfen. Als ihr Mann starb, verkaufte sie das Material, ließ den Asbestbau abreißen und ging in Rente. Sie zählt sich zu den Wendeverlierern. Wenn sie aber zu einem früheren Zeitpunkt nicht das Verhältnis zu ihrem einzigen Sohn ruiniert hätte, wäre es nicht soweit gekommen.

Js ältere Tochter Antonia kann in solchen Kategorien nicht denken. Das verwundert wenig, sie ist in Bonn aufgewachsen. Im Grunde gehört sie der Kategorie der Westdeutschen an.

Js jüngerer Tochter Johanna ist mit dem Mauerfall nicht nur der Vater abhanden gekommen, sondern auch eine mit beiden Beinen im Leben stehende Mutter, die als Vorbild taugen könnte. Johanna ist mit Fug und Recht eine Wendeverliererin, die hier als einzige nichts, aber auch gar nichts, dafür kann.

gez. IM Selene

23

Trassen, die in den Westen führen

Ich lief an der Spree entlang und beobachtete die Leute, die ihre bemützten Köpfe zufrieden Richtung Himmel streckten, als wäre die Sonne ihr Verdienst. Das Thermometer vor meinem Fenster zeigte tagsüber schon keine Minusgrade mehr an. Ich schaute auf den Fluss, der nicht nur wie Waschpulver klang, sondern auch so aussah, als würde er aus dem Abwasser durchgelaufener Waschmaschinen bestehen. Es war der einzige Anblick in der Stadt, der mich manchmal überlegen ließ, ob ich mir ein Leben ohne die Mecklenburger Seenplatte wirklich vorstellen konnte.

Nach dem Besuch bei meiner Mutter hatte ich ein paar Tage lang meine Wohnung kaum verlassen, nur einmal, um Lebensmittel zu besorgen und nach Jens zu sehen. Als ich zurückkam, hatte ich im Briefkasten das Schreiben von der BVG gefunden. Darin stand, dass ich so lange freigestellt sei, bis die Betriebspsychologin und mein Vorgesetzter über meine Fahrtüchtigkeit und Einsatzeignung entschieden haben würden. Zum ersten Mal konnte ich nachempfinden, wieso meine Mutter solche Briefe manchmal tagelang nicht geöffnet hatte. Mir fiel ein Satz ein, den meine Grundschullehrerin immer gesagt hatte: Äußere Ordnung schafft innere Ordnung. Also räumte ich auf. Ich wischte Staub und spülte Teller und schraubte die übrigen Regalbretter an die Wände. Ich beschloss, anzukommen in dieser Stadt, mich einzurichten, auch ohne Job, auch ohne Familie, ich kaufte einen Rahmen für die Ebstorfer Weltkarte. Dann würde ich eben mit dem geflügelten Tiger und dem gerüsselten Schwein eine Ersatzfamilie gründen, dachte ich, was soll's. Ich ölte die Schreibmaschine und setzte das Puzzle in meinem Kopf neu zusammen: Als meine Mutter im Krankenhaus aufgetaucht war, hatte sie sich nicht für Jens hübsch gemacht, sondern für Reiner, denn ihr Besuch war nur eine kurze Zwischenstation auf dem Weg zu ihm gewesen. Und die unbekannte Berliner Nummer in ihrem Telefon, die ich für meine eigene gehalten hatte, gehörte wohl ihm. Ich schämte mich und rührte mein Handy nicht an, während Reiner und Karl sich einen stillen Wettstreit darum lieferten, wer mich am häufigsten nicht erreichte. Auch Hilde rief immer wieder an, doch ich mochte mir nicht mehr für sie ausdenken, was im Krankenhaus Harmloses passiert sein könnte, und ging nicht ran. Nur der Name Antonia blinkte kein einziges Mal auf meinem Display. In den letzten Wochen hatten wir nur Kontakt gehabt, wenn es um Besorgungen für Jens gegangen war. Auch im Krankenhaus war ich ihr nicht begegnet, obwohl ich absichtlich an einem ihrer Besuchstage dort gewesen war. Ich fragte mich, wie es ihr ging, konnte mich aber nicht zu einem Anruf durchringen. Stattdessen rief ich Sarah an, die sich einen Wohnwagen kaufen und in den Semesterferien damit durch die Türkei reisen wollte. Komm mich doch besuchen, sagte sie, als ich ihr die ganze Geschichte vom ersten bis zum letzten Meerschwein erzählt hatte, aber zum Verreisen hatte ich gerade kein Geld. Dann hatte ich nichts mehr gefunden, das ich aufräumen konnte, und Karl zurückgerufen.

Karl saß neben einer Trauerweide auf einer Bank am Spreeufer und winkte mir zu. Er kam gerade von einer Schicht und trug unter seiner Jacke noch die BVG-Uniform, die ihm so gut stand wie keinem anderen. Wir umarmten uns zur Begrüßung, ich setzte mich neben ihn, er holte eine Packung Butterkekse aus seinem Rucksack.

Ist das nicht verrückt, sagte ich und zeigte auf die kahle Trauerweide, dass dieser Baum verkehrt herum wächst, von oben nach unten?

Karl nickte.

Aber noch verrückter ist, sagte er, dass die Äste alle an derselben Stelle zu wachsen aufhören. Woher wissen die, wo das Wasser anfängt?

Er hielt mir die Kekspackung hin.

Und was machen die Äste, sagte ich, wenn im Frühjahr der Wasserspiegel steigt? Wachsen sie dann zurück?

Karl griff in seinen Rucksack und reichte mir ein kleines Päckchen.

Für dich, sagte er.

Das Geschenk war in Zeitungspapier eingeschlagen, mit Paketschnur war eine Schleife darumgebunden. Karl öffnete zwei Bierflaschen, während ich die Schnur löste. In dem Päckchen war ein Stadtplan. *Berlin* stand darauf, *Hauptstadt der DDR*. Ich breitete den Stadtplan auf meinen Knien aus, er zerfiel dabei in zwei Teile.

Das kannst du kleben, sagte Karl und schob die Hälften zusammen.

Der Stadtplan war an fast allen Leporellofalzungen mit Klebeband ausgebessert worden. Auch an der breiten durchgehenden Linie, die die Grenze zu Westberlin markierte, war das Alter der Karte zu erkennen. Auf heutigen Karten waren Ländergrenzen mit Strichellinien als durchlässig dargestellt. Westberlin war auf dieser Karte eine weiße Fläche. Terra incognita, dachte ich, die Mönche im Mittelalter hätten dort Fabelwesen hingemalt. Stattdessen befanden sich auf der weißen Fläche die Legende und eine einzige Signatur, die das Sowjetische Ehrenmal kennzeichnete. Mit der flachen Hand strich ich vorsichtig die Kartenränder glatt und nahm mir vor, den Riss zu Hause gleich zu flicken.

Wo sind wir?, fragte Karl.

Ganz am Rand vom Straßenbahnnetz, sagte ich und zeigte auf einen Punkt am westlichen Stadtrand.

Welche Linien fahren eigentlich im Westen?, fragte Karl.

Keine, sagte ich, alle Linien fahren im Osten. Es gibt nur zwei Trassen, die in den Westen führen. Von Sportpark bis Nordbahnhof und von Bornholmer Straße bis Virchow-Klinikum. Also die M10, aber nur für vier Haltestellen und ganz dicht am alten Grenzverlauf. Und die M13 und die 50, für elf Haltestellen.

Karl sah mich ruhig an.

Fehlt dir das Bahnfahren?, fragte er.

Du weißt also schon, dass ich freigestellt bin, sagte ich.

Karl lachte.

War unmöglich, das nicht mitzubekommen, sagte er, das ist Gesprächsthema Nummer eins auf der Platte. Und jetzt erzähl mal, was am Tierpark los war.

Und ich erzählte ihm die ganze Geschichte, von den Riesenschildkröten über die Meerschweinchen bis zum gerüsselten Schwein.

Reiner will zum Chef gehen und ein gutes Wort für dich

einlegen, sagte Karl, als ich fertig war. Damit du bald wieder fahren kannst und durch die Probezeit kommst.

Das hätte er wohl gern, sagte ich, dass ich ihm dankbar sein muss.

Karl seufzte.

Was denn, sagte ich, er hat sich von mir alles über meine Familie erzählen lassen, ohne mir zu sagen, dass er jetzt quasi dazugehört. Er hat sich eingemischt, hat meine Mutter überredet, meinen Vater im Krankenhaus zu besuchen, nur deswegen ist sie da aufgetaucht. Und nur wegen ihm ist es plötzlich in Ordnung, dass ich Straßenbahnfahrerin werde. Und jetzt setzt er auch noch dich auf mich an.

Das ist doch nur nett gemeint, sagte Karl.

Das bekomme ich allein wieder hin, sagte ich. Und jetzt lass uns über was anderes reden.

Mein Blick fiel auf Karls Turnschuhe. Ich blickte auf den blauen Stoff, der an den Schuhspitzen dunkel eingefärbt war vom nassen Boden. Turnschuhe also, dachte ich, Kollegen also, weiter nichts. Aber was hatte ich auch erwartet nach all seinen Anrufen, die ich nicht entgegengenommen hatte.

Guck mal, sagte Karl und zeigte auf einen Ast der Trauerweide, der sich auffällig stark bewegte. Ich kniff die Augen zusammen und erkannte eine Ratte, die dort herumkletterte.

Mir war nicht klar, dass Ratten klettern können, sagte Karl.

Die haben gute Krallen und benutzen ihren Schwanz als Balancierstange, sagte ich. Die können auch tauchen, bis zu zwei Minuten halten sie es unter Wasser aus.

Je länger ich hinsah, umso mehr Ratten erblickte ich auf den Ästen. Die kleineren turnten sogar ganz oben im Baumwipfel herum, die größeren hingen mit ihren Schwänzen an den unteren Zweigen. Eine Rattenfamilie beim Spielen, für die die Trauerweide sicher so etwas wie ein Ausflug in den Vergnügungspark war.

Ist ja ekelhaft, sagte ich und nahm einen weiteren Keks aus der Packung. Gegen diese Rattenplage müsste wirklich mal jemand etwas tun, das kann ja nicht so schwer sein.

Wieso, sagte Karl, sind doch nur ein paar Ratten.

Ich schaute ihn von der Seite an, wie er dasaß mit seinem Butterkeks und die Turnschuhbeine ausstreckte, und war plötzlich sehr wütend auf ihn.

Nur ein paar Ratten, sagte ich spöttisch, Abschaum ist das, eine Plage, meinetwegen können die allesamt ausgerottet werden, die vernichten ganze Ernten, die übertragen Krankheiten, die haben die Pest nach Europa gebracht, Millionen Menschen sind wegen dieser Viecher gestorben, und du hast Mitleid?

Karl sah mich etwas hilflos an.

Die Ratten tun doch auch nur, was die Biologie sich für sie ausgedacht hat, sagte er.

Ich wusste auch nicht wieso, aber dieser Satz brachte mich noch mehr in Rage, so sehr, dass ich von der Bank aufstehen und die Hände in die Seiten stemmen musste.

Schon klar, sagte ich, du hast natürlich für alles und jeden Verständnis, für die allerletzte Ratte und auch dafür, dass Reiner sich hinter meinem Rücken an meine Mutter ranmacht, aber weißt du was, geh doch einfach nach Australien und hab dort Verständnis für die vielen giftigen Schlangen und Spinnen und Skorpione, die dich beißen werden.

Karl schob die Kekse zurück in die Verpackung.

Ich habe mich erkundigt, sagte er, die Wahrscheinlichkeit, in Australien von einem giftigen Tier gebissen zu werden, ist in etwa so hoch wie ein Sechser im Lotto, was wiederum genauso wahrscheinlich ist, wie von einem Blitz getroffen zu werden.

Mit welchen Parametern betreibst du eigentlich deine Wahrscheinlichkeitsrechnung?, sagte ich. Wie wahrscheinlich war es denn, dass sie ausgerechnet den Sack mit Reiners Liste drin zusammenpuzzeln? Wie wahrscheinlich war es, dass sich meine Mutter ausgerechnet in meinen Fahrlehrer verliebt, dass sie sich überhaupt noch mal verliebt? Wie wahrscheinlich war der Mauerfall und wie wahrscheinlich ist es, dass wir Rente kriegen? Wie wahrscheinlich war es, dass mein Vater ausgerechnet dann sein Sprachvermögen verliert, wenn ich ihn etwas fragen will? Klingen so etwa wahrscheinliche Geschichten? Und ist es etwa nicht trotzdem so gewesen? Und jetzt sag noch mal, wie wahrscheinlich ist es, dass dich ein giftiges Tier in Australien beißt? Und wie wahrscheinlich ist es, dass du zurückkommst?

Ich nahm den letzten Schluck aus meiner Bierflasche und warf sie in Richtung der Trauerweide, aber die Flasche verfehlte ihr Ziel um viele Meter und plumpste in den Waschmittelfluss, nur ein kaum hörbares Plopp, weiter nichts. Das ärgerte mich noch mehr, denn so eine wollte ich nicht sein, schon gar nicht vor Karl, eine, deren Würfe weder trafen noch ein ordentliches Geräusch machten. Irgendwo hinter meinen Augenlidern wurde es sehr heiß, aber ich konnte doch jetzt nicht heulen, nur weil mein Wurf sein Ziel verfehlt hatte. Ich trat gegen die Bank, setzte mich wieder hin und verschränkte die Arme vor der Brust.

Karl legte die Kekspackung zwischen uns und verschloss seinen Rucksack.

Ich fasse mal zusammen, sagte er. Deiner Schwester tischst du eine kaputte Heizung auf, um an Informationen zu kommen, Hilde erzählst du sonstwas am Telefon, deiner Mutter unterstellst du, bei der Stasi gewesen zu sein, und mich behandelst du, als wäre ich an allem Schuld. Ich weiß nicht, was eigentlich dein Problem ist, und offenbar geht es mich auch nichts an, aber so viel kann ich dir sagen: Zum Verlieben braucht absolut niemand deine Erlaubnis.

Erst als Karl in seinen Turnschuhen davonspaziert war, als ich alle übrigen Butterkekse aufgegessen hatte und wieder den Ratten beim Spielen zusah, erst dann löste sich die Hitze hinter meinen Augenlidern in Tränenflüssigkeit auf. So saß ich noch eine Weile am Ufer und wusste nicht, worum ich eigentlich gerade weinte, um meinen Vater oder um die erbärmliche Figur auf dieser Bank, die nicht mal ein paar Ratten mit einer Bierflasche treffen konnte. Was kannst du eigentlich, Johanna, sagte ich leise und machte mich auf den Heimweg.

HA IV

Was danach geschah

Es mag egal sein, ob J am 4. Oktober nach West- oder Ostberlin oder sonstwohin geht. Es ist aber nicht egal, weshalb er nicht in die Uckermark zurückkehrt. Nicht für einen kurzen Besuch, nicht zu Weihnachten und nicht zum Geburtstag seiner Tochter. Es ist anzunehmen, daß der Grund für sein mysteriöses Verschwinden am 4. Oktober und der Grund für seine ausbleibende Rückkehr identisch sind.

Existenzgründung I

An einem Juninachmittag des Jahres 1990 trifft J zufällig Franky auf der Straße, seinen langjährigen Freund, der in der POS mit ihm die Schulbank drückte und Gitarrist der "Geringelten Strümpfe" war. Auch ihn hat es nach Berlin verschlagen, wegen einer Frau. Über F ist nicht viel bekannt, außer daß er Architekt ist und den Gurkensalat von Js Mutter Hilde liebend gern mag.

J und F ziehen einige Nächte um die Häuser, wobei F andauernd von den neuen Möglichkeiten spricht. Daß Berlin sie beide erwartet und zusammengebracht habe, sagt er, und daß es zwar viele Architekten und Schmiede gebe, aber nur sie hätten die notwendigen Kontakte nach ganz oben. Damit meint er die Frau, wegen der er hier ist und die ihn als jüngere Schwester irgendeines hochrangigen Politikers mit den besseren Kreisen der Stadt bekannt macht. Als F eines Abends mit dem Angebot des Senators Herrn S lockt, eine Wendeltreppe für das Rote Rathaus zu bauen, willigt J ein. Sie kratzen all ihr Erspartes zusammen und gründen eine Firma, die sie "Wendetreppe" nennen.

Das mit F und der Frau erledigt sich schnell wieder. Aber J und F können den Kontakt zu Herrn S aufrechterhalten und spielen fortan jeden Dienstag mit ihm Skat. Dabei achten sie darauf, ihn regelmäßig gewinnen zu lassen, was besonders J sehr schwerfällt.

Die geschilderten Ereignisse mit F machen eine Republikflucht am 4. Oktober 1989 unwahrscheinlich. Denn jemand, der die DDR illegal verläßt, fängt doch nicht wenige Monate später an, eben dort eine Wendeltreppe für ein Rathaus zu bauen.

Insolvenzerklärung

Am 9. Mai 1992 sitzen J und Frank pünktlich um 14 Uhr in der Bar Ottokar und warten auf den Senator Herrn S.
F hat drei Pläne in verschiedenen Stilen gezeichnet, J hat zu jedem Plan ein veranschaulichendes Modell gebaut. Sie haben eine dicke Mappe erarbeitet, mit Fotos und einer ausführlichen Kostenaufstellung. Knapp zwei Jahre lang haben sie an diesem Großauftrag gearbeitet, dem Bau einer Wendeltreppe für das Rote Rathaus, Gesamtetat 100000 Mark, also 50000 für jeden.
Herr S kommt eine halbe Stunde zu spät. Er lacht, als er den mit Plänen und Modellen gefüllten Tisch sieht. Er gibt beiden die Hand und ruft nach drei Bieren, die der Wirt sofort bringt. Herr S stellt sein Glas auf der Präsentationsmappe ab, der überlaufende Schaum hinterläßt einen nassen Kreis auf dem Pappumschlag. Herr S legt J den Arm um die Schultern und bittet F, ihn fünf Minuten mit J allein zu lassen. F steht auf und geht zur Bar. Sein Widerwillen ist nicht zu übersehen, aber er sagt nichts. Herr S holt zwei lange

dünne Zigaretten aus der Innentasche seines Mantels und hält J eine hin. J lehnt dankend ab und steckt sich eine seiner eigenen Zigaretten an, eine filterlose Karo. Herr S sagt, er wolle nicht um den heißen Brei reden, und fragt J, ob er sich an Herrn S' Tochter erinnern würde. J überlegt kurz, dann nickt er. Herr S fragt, ob sie ihm gefallen habe, wartet seine Antwort aber gar nicht ab und sagt, daß J ihr nämlich sehr gefallen habe. J erwidert nichts und nimmt einen großen Schluck Bier. Dann räuspert sich Herr S und sagt, er wolle, daß J seine Tochter heirate. Asche fällt von seiner Zigarettenspitze auf die Mappe, J will sie wegpusten, aber sie bleibt an der bierfeuchten Stelle kleben.
Dann lacht J. Er lacht laut und schlägt Herrn S auf die Schulter, er kriegt sich überhaupt nicht mehr ein vor Lachen. Herr S sagt, es sei ganz einfach, entweder würde J seine Tochter heiraten oder er entziehe ihnen den Auftrag für die Wendeltreppe. J hört schlagartig auf zu lachen. Er sagt, daß Herr S das nicht machen könne, daß sie einen Vertrag hätten. Herr S sagt, er könne das sehr wohl machen und daß sie keinen Vertrag hätten, daß es nichts außer mündlichen Absprachen gebe und J ihm die erst mal nachweisen solle. Herr S leert sein Glas in einem Zug und sieht J auffordernd an. J sagt, er lasse sich nicht erpressen. Er sagt es leise und mit zittriger Stimme, aber er sagt es. Er sagt auch, daß Herrn S' Tochter eine häßliche alte Jungfer sei und daß er sie nicht einmal mit dem Arsch anschauen würde, wenn sie die letzte Frau auf Erden wäre.
Herr S drückt seine Zigarette an einem der Modelle aus und verläßt die Bar Ottokar, wobei er F noch einmal zunickt. Die

anschließenden Ereignisse führen zu einem Hausverbot für J in der Bar Ottokar.

Anmerkung I
Die Faustregel besagt, daß ein Kind bis zum 18. Lebensjahr mindestens eine viertel Million D-Mark kostet. Das sind 13888 DM im Jahr und 1157 DM im Monat. Von den 50000 Mark, die J nicht mit der Wendeltreppe verdiente, hätte seine Tochter 43,21 Monate, also 3,6 Jahre, durchgebracht werden können.

Anmerkung II
Daß J nach dieser Niederlage nicht in die Uckermark zurückkehren will, um seine Tochter zu besuchen, ist zwar feige, aber in gewisser Weise nachvollziehbar.

Existenzgründung II

Im August des Jahres 1996 macht sich J als Schmied selbständig. In diesem Jahr baut er für 5000 DM, von denen er auch die Materialkosten decken muß, eine neue Theke in die Bar Ottokar, die inzwischen Blaubar heißt und neue Besitzer hat, aber immer noch die Theke. Wie es zu diesem Auftrag kam, bleibt ein Rätsel, denn die letzte bekannte Information besteht in dem Hausverbot, das er dort vier Jahre zuvor bekam.
Die Theke ist aus legiertem Stahl gefertigt und beinhaltet Wackersteinelemente, die, mit viel Phantasie betrachtet, als Fischschwarm angeordnet sind. Es kann angenommen werden, daß er das Motiv von der Zinkwanne wieder aufgriff.
Die Theke ist sehr schön geworden. Allerdings bleibt sie sein einziger Auftrag. Im Frühsommer 1997 meldet er das Gewerbe wieder ab und sich selbst arbeitslos.

Im Frühsommer 1997 ist Johanna 9 Jahre alt und geht in die 4. Klasse. Zu dieser Zeit spielt sie auf dem Pausenhof Tischtennis oder Mädchen-Jungs-Fangen; zu dieser Zeit weiß sie noch nicht, wie albern es aussieht, beim Walkmanhören tonlos mitzusingen. Es wäre für den Vater ein schlechter Zeitpunkt gewesen, die Tochter kennenzulernen, denn Kinder in diesem Alter haben keinen erwachsenenkompatiblen Humor.
Beispiel: Im Hort fängt eine neue Erzieherin an. Als sie Johanna nach ihrem Namen fragt, kichert Johanna und sagt: "Ich heiße Pommes." Die Erzieherin ist so nett, sich auf diesen wirklich nicht lustigen Scherz einzulassen, und sagt: "Also gut, Pommes, dann mach mal deine Hausaufgaben." Als Johanna abgeholt wird, erzählt sie ihrer Mutter, sie habe eine sehr dumme neue Horttante, die ihr tatsächlich glauben würde, sie heiße Pommes.

gez. IM Selene

24

Das stetige Reiben mit dem Daumen auf der Handfläche

Ob ich weinen würde oder vielleicht erleichtert wäre und ob ich es überhaupt glauben würde, hatte ich mich oft gefragt, wenn ich die Tür der 307 hinter mir geschlossen hatte, den Stationsflur entlang zum Fahrstuhl gegangen war und die Möglichkeit bestanden hatte, dass ich das gerade zum letzten Mal tat. Heute also. Das war alles, was ich dachte, als eine unbekannte Festnetznummer auf meinem Telefon blinkte. Der Anruf der Krankenschwester mit der Plasteblume war die logische Folge der vergangenen Wochen, Jens verschwand nicht mit einer seiner Unvorhersehbarkeiten. Ich sagte *Ja* und *Ich komme* und *Wissen Hilde und Antonia schon?* Sind unterwegs, sagte die Schwester. Ich entschied, zu Fuß ins Krankenhaus zu gehen, anstatt die Straßenbahn zu nehmen. Ich wollte nicht daran erinnert werden, dass mein Platz nun der Fahrgastraum und nicht mehr das Führerhäuschen war. Unterwegs musste ich an Kleopatras einzige Tochter Selene denken, die nach dem Doppelselbstmord von Marcus Antonius und ihrer Mutter den Tod gleich beider Elternteile zu verwinden gehabt hatte. Ich beschloss, wieder einmal meine Mutter zu besuchen, wenn das hier vorüber war.

Anstelle der Schnabeltasse stand eine Kerze auf dem Nachttisch und ich dachte daran, dass Jens in drei Tagen Geburtstag gehabt hätte. Antonia und Hilde saßen an seinem Bett, jede auf einer Seite. Jemand hatte einen zweiten Stuhl ins Zimmer gebracht. Ich stellte mich ans Fußende und legte meine Hände auf die Lehne des Bettgestells. Antonia und Hilde nickten mir kurz zu, ich nickte zurück. Sie hielten jede eine seiner Hände, für mich war keine Hand mehr übrig. Er war bis zum Hals mit einem weißen Laken zugedeckt, aber seine Arme lagen obenauf. Jemand hatte ihm ein dunkelgraues, langärmliges Baumwollhemd angezogen, das ich noch nie an ihm gesehen hatte, und ich fragte mich, wieso er nicht etwas anhatte, das er gemocht und oft getragen hatte. Aber dann fiel mir ein, dass ich das ja gar nicht wissen konnte, weil ich ihn noch nie mit etwas anderem bekleidet gesehen hatte als dem grünlichen Krankenhaushemd, das am Rücken offen war. Ich schaute in sein gerötetes Gesicht und fragte mich, ob er geschminkt worden war. Ich fragte mich auch, wie er aus der Nähe roch, ab wann eine Leiche zu riechen anfing und ob sie ihm etwas gespritzt hatten, damit er nicht so schnell verweste.

Ich warte draußen, sagte Antonia nach einer Weile, küsste Jens auf die Stirn und verließ das Zimmer. Auch Hilde erhob sich, etwas langsamer als sonst, aber mit dem ihr eigenen festen Blick, der nichts über ihren Gemütszustand verriet. Sie ging einen Schritt und ließ Jens' Hand dabei nicht los, sodass es ein bisschen so aussah, als würde er sie festhalten. Sie legte seine Hand auf dem Laken ab, wobei deutlich zu sehen war, dass die Hand niemanden mehr festhalten konnte; dann ging Hilde hinaus. Ich blieb am Fußende stehen und schaute Jens an, schaute ihn lange an, wie früher die Schildkröten im Streichelzoo, als bestünde auch nach langer Starre noch die Möglichkeit, dass er plötzlich den Kopf hob.

Hat er es also geschafft, dachte ich, als sein Kopf sich lange genug nicht bewegt hatte, hat er sich also endgültig aus dem Staub gemacht.

Ich bin noch nicht fertig mit dir, sagte ich leise. Dein Leben ist zu Ende, aber ich will nicht bis ans Ende meines Lebens geflügelte Tiger zeichnen.

Dann ging ich doch um das Bett herum und nahm seine Hand. Sie war ganz warm und ich hätte gern gewusst, ob das noch seine Körperwärme war oder die von Hilde, die die Hand vor dem Abkühlen auf Zimmertemperatur bewahrt hatte. Dann ließ ich die Hand los.

Hilde und Antonia saßen auf dem Balkon. Sie saßen so weit auseinander, wie es ihnen die kleine Bank erlaubte, und ich fragte mich, weshalb sie überhaupt zusammen hier saßen. Aber was wäre auch anderes zu tun gewesen, als zusammen hier zu sitzen. Hilde rutschte nah an Antonia heran, damit ich mich dazusetzen konnte.

Ich fragte mich, wie es für Antonia sein mochte, so nah neben Jens' Mutter zu sitzen, und ob sie es mir noch übel nahm, dass ich sie angelogen hatte. Antonia zündete zwei Zigaretten an und hielt mir eine hin, erleichtert nahm ich sie entgegen. So saßen wir eine Weile da, Antonia und ich streckten die Hälse vor, um den Rauch unserer Zigaretten weit von Hilde wegzupusten.

Urne, sagte Antonia und machte eine Pause, wie ein Kind nach einem Wort, das es gerade zum allerersten Mal ausgesprochen hatte.

Ich bin für eine Urnenbestattung, sagte sie.

Sie starrte auf das Geländer, während sie das sagte. Ihre Wimpern klebten zusammen, aber die Stimme war fest und klar, so fest und klar, dass weder Hilde noch ich ihr widersprachen. Was hätte es auch zu widersprechen gegeben, ich war froh, dass Antonia diese Worte zwischen zwei Rauchwolken ausprobierte und ich das nicht tun musste. Ich nahm an, dass es Hilde ähnlich ging, wobei ihrer Mimik nichts anzusehen war. Die Linienführung ihrer Falten war statisch wie bei unserer ersten Begegnung. Ihr Gesicht war wie ein akkurat gezeichneter Plan, der jedoch keine einzige Signatur enthielt, die das Wichtige vom Unwichtigen unterschied. Hilde hatte gelernt, stillzuhalten, ein Leben lang hatte sie das geübt. Nur das stetige Reiben mit dem rechten Daumen auf der linken Handfläche ließ ahnen, dass irgendwo hinter den Falten das passierte, was Antonia die Wimpern zusammenklebte und mich die nächste Zigarette anzünden ließ, sobald ich die vorherige übers Geländer geschnippt hatte.

Das nächste Bestattungsinstitut ist in der Brunnenstraße, sagte Antonia. Könnt ihr das vielleicht ohne mich machen?

Ich nickte, Antonia schob trotzdem die Erklärung nach, die ihr längst anzusehen war.

Ich brauche, sagte sie, eine Pause.

Beim Aufstehen stützte sie sich auf den Oberschenkeln ab, langsam, als hätte sie es sich von Hilde abgeschaut. An der Balkontür blieb sie stehen, holte ein Papier aus der Tasche und reichte es mir, es war die Sterbeurkunde. Sie schaute mich an und ihre Mundwinkel machten eine Bewegung, die an einem anderen Tag und einem anderen Ort wohl ein Lächeln geworden wäre, eines, das Danke sagen wollte, bildete ich mir ein.

Hilde und ich blieben sitzen, bis ich den nächsten Zigarettenstummel übers Geländer geschnippt hatte.

Ich bin müde, sagte Hilde, sehr müde.

Ich kann auch allein gehen, sagte ich.

Hilde schaute genauso übers Geländer hinweg, wie Jens aus dem Fenster geschaut hatte, mit zusammengekniffenen Augen, als würde irgendwo dort in der Ferne die schwer lesbare Antwort stehen, worauf auch immer.

Eine Urne aus Metall, sagte Hilde schließlich, nicht aus Keramik.

Hilde hakte sich bei mir unter, als wir durch den langen Flur zum Fahrstuhl gingen, am Schwesternzimmer und der 307 vorbei, über das Linoleum, über das ich so oft gegangen war in den letzten Monaten. Ich hätte mich gerne verabschiedet von der Krankenschwester mit der Plasteblume und mich bedankt für alles, aber der Stationsflur war wie leer gefegt, es war gerade Mittagspause. Und ich hatte Hilde am Arm, die sich so daran festklammerte, dass nicht daran zu denken war, mich loszumachen und die Schwestern und Ärzte suchen zu gehen. Außerdem schämte ich mich ein bisschen dafür, dass mein Abschiedsschmerz mehr der Station und dem Personal galt als Jens. Hilde ließ meinen Arm nicht los, nicht im Fahrstuhl, nicht in der Eingangshalle, bis zum Taxistand nicht, wo der Fahrer noch auf sie wartete, der sie aus ihrem Haus in Kavelstorf bis hierher gefahren hatte und heute den Umsatz seines Monats machte.

Im Bestattungsinstitut legte ich Jens' Sterbeurkunde auf den Schreibtisch, Jens' letzte Seite. Ich dachte an den Stapel auf meinem Schreibtisch, dem die letzte Seite noch immer fehlte. Er kam mir plötzlich unendlich weit weg vor, ein Relikt aus einem anderen Jahrtausend, alt wie Kleopatras Schädel.

Eine Urne, sagte ich und verstand, wieso Antonia eine Pause nach dem Wort gemacht hatte.

Aus Metall, sagte ich, nicht aus Keramik.

Die Frau holte eine Urne aus dem Regal und stellte sie vor mich auf den Tisch. Ich nahm sie hoch, drehte sie in den Händen, strich über die kühle Oberfläche.

Wir kümmern uns um alles, sagte die Frau, in drei bis vier Wochen ist die Urne dann fertig.

Ich stellte sie wieder auf den Tisch. Die Frau holte noch eine Urne und noch eine, es gab runde und eckige, verzierte und lackierte, kleine und große. Jede nahm ich kurz hoch und stellte sie wieder hin.

Die kleinen sind billiger, sagte die Frau, es passt aber auch nicht so viel hinein.

Sie nahm eine kleine dunkelrote hoch, als könnte ich so besser sehen, dass da nicht so viel hineinpasste.

Sie bekämen nur die Asche der lebenswichtigen Organe zurück, sagte sie, also von Kopf und Herz und Lunge.

Ich schaute nacheinander jede Urne an, aber ich konnte keine so richtig schön finden. Ich überlegte, was, wenn nicht Schönheit ein geeignetes Auswahlkriterium für eine Urne sein könnte. Der Schreibtisch war voll, die Frau sah mich erwartungsvoll an.

Ich nehme die, sagte ich und zeigte auf die kleine dunkelrote, die die Frau noch immer in den Händen hielt.

Eine sehr gute Wahl, sagte die Frau, die ist aus Eisenblech.

Sie stellte die Urne wieder auf den Tisch und sah sehr erleichtert aus. Sie tippte die Daten der Sterbeurkunde in den Computer, dann räumte sie so lange Urnen zurück ins Regal, bis genug Platz war auf dem Tisch für ein Blatt Papier und mein Handgelenk. Ich unterschrieb.

Dann werde ich ihn mal abholen, sagte sie und nahm ihren Autoschlüssel.

Erst als sie das Schildchen in der Tür schon umgedreht hatte, auf dem *Wir sind gleich wieder für Sie da* stand, als sie mir schon die Hand gegeben hatte, als ich auf dem Bürgersteig stand und überlegte, ob ich jetzt etwas anderes tun könnte, als nach Hause zu gehen, erst als die Rücklichter des langen Autos mit den schwarzen Gardinen um die Ecke bogen und es zu spät war, sie zu fragen, wie sie das mit den lebenswichtigen Organen genau gemeint hatte, erst da begriff ich, dass sie von Jens gesprochen hatte und ihn jetzt aus der 307 abholen würde. Sicher war seine Hand inzwischen auf Zimmertemperatur abgekühlt.

25

Das Recht auf einen Namen

Hallo Mama, sagte ich, weiter nichts. Mein Kopf brachte nur Sätze hervor, die aus Filmen oder Büchern stammen mussten: *Setzen Sie sich besser. Wir müssen Ihnen leider etwas Schlimmes mitteilen.* Und diese Sätze ließen sich nicht in die zweite Person Singular umformulieren, um sie an meine Mutter zu richten. Also sagte ich nichts.

Ist er gestorben?, fragte sie.

Ja, sagte ich.

Dann schwiegen wir eine lange Zeit, während der ich überlegte, ob meine Mutter sich auch gerade fragte, was man dazu sagen könnte. Beileid, dieses Wort fiel mir ein, war aber nicht, wonach wir suchten, jede auf ihrer Seite des Telefons, denn wer hätte wem das Beileid aussprechen sollen.

Scheiße, sagte ich schließlich und musste kurz auflachen, weil mir dieses Wort als Ergebnis so langer Überlegungen absurd erschien.

Ja, scheiße, sagte meine Mutter und musste auch kurz lachen.

Wie geht es Boda?, fragte ich.

Ach der Igel, sagte sie, der hat trocken gehustet, ein typisches Zeichen für Lungenwurmbefall. Ich hab ihn ins Tierheim gebracht, weil ich kein Levamisol dahatte.

Ich staunte, wie mit einem Satz aus Boda wieder irgendein Igel geworden war. Als hätten nur Anwesende das Recht auf einen Namen, als verlöre man es, wenn man aus dem Leben meiner Mutter verschwand. Vielleicht sprach sie aus demselben Grund nie von Jens, sondern immer nur von meinem Vater. Kurz überlegte ich, ob sie auch nicht mehr von Johanna sprach, sondern nur noch von ihrer Tochter, seit ich ausgezogen war, oder spätestens seit ich ihr den gefälschten Akteneintrag hatte unterjubeln wollen.

Am Samstag ist mir ein Kaninchen zugelaufen, sagte sie.

Zugelaufen, sagte ich.

Es saß apathisch am Straßenrand, sagte sie, hätte ich es da sitzen lassen sollen?

Natürlich nicht, sagte ich, aber wieso bringst du es nicht auch ins Tierheim?

Die sind doch immer überlastet.

Woher weißt du, dass es kein Wildkaninchen ist?

Es ist ein Zwergwidder, sagte sie, und als ich dazu schwieg: Zwergwidder sind Zuchtkaninchen und dieses hier wurde von seinen Besitzern ausgesetzt und hat sich bei den Wildkaninchen eine Rodentiose eingefangen. Aber ich bekomme es schon wieder hin.

Hast du Reiner wiedergesehen?, fragte ich und hoffte sehr, dass sie Ja sagen würde. Zwar konnte ich mir so etwas wie ein Weihnachten zu dritt überhaupt nicht vorstellen; ich konnte mir schon Reiner und meine Mutter zusammen nicht vorstellen. Konnte meine Mutter über seine Witze lachen? Und wenn sie darüber lachen konnte, war das dann noch meine Mutter? Oder erzählte Reiner jetzt keine Witze mehr, und wenn er keine mehr erzählte, war das dann noch Reiner? Zwar war mir der Gedanke so fremd wie eine nach Süden ausgerichtete Weltkarte, dennoch hoffte ich, dass es dieses Weihnachten geben würde, an dem ich meiner Mutter eine Karte der einheimischen Tiere der Uckermark für das Wartezimmer ihrer zukünftigen Tierarztpraxis schenken konnte.

Er hat ein paar Mal angerufen, sagte sie.

Und werdet ihr euch wiedersehen?, fragte ich.

Es ist nicht so, dass mir die alten Geschichten nichts ausmachen, sagte sie. Doch es sind alte Geschichten. Die haben wir alle. Aber lass das mal unsere Sorge sein.

Okay, sagte ich.

Und du, sagte sie dann, du solltest Reiners Angebot annehmen.

Er hat seine Nase heimlich in Familienangelegenheiten gesteckt, sagte ich, so etwas tut man nicht unter Kollegen.

Meine Mutter seufzte.

Und Geschichten ausplaudern, die einem im Vertrauen erzählt werden, tut man so etwas unter Kollegen?

Ich schwieg.

Außerdem hätte nicht er, sondern ich dir davon erzählen müssen, sagte sie, wir haben uns da alle nicht korrekt verhalten.

Ich sagte nichts, wusste aber, dass ich Reiners Angebot, ein gutes Wort für mich einzulegen, annehmen würde. Die Fassaden, das Zirpen der Gleise, die Zigaretten an den Endhaltestellen; all das fehlte mir viel zu sehr. Außerdem wäre ich sonst bald pleite.

Wenn du Hilfe brauchst –, sagte meine Mutter.

Dann legten wir auf.

Ich verstaute das Handy in meiner Tasche und dachte über das Kaninchen nach, von dem meine Mutter behauptete, es sei ausgesetzt worden, als wäre das die einzig mögliche Erklärung. Dabei konnte es genauso gut sein, dass der Zwergwidder ausgebüxt war.

HA IV

Die erste Tochter

An einem Abend des Spätsommers 2002 sitzt J in der Bar Ottokar und spielt mit einer jungen Frau Schach. Sie setzt ihn schachmatt, dann sagt sie, Antonia sei ihr Name, sie sei seine Tochter. Fortan gehört Antonia zu Js Alltag. Alle paar Wochen treffen sie sich, spielen Schach oder schauen zusammen Sportsendungen. J hilft Antonia, wo er kann, er streicht ihre Wohnung, er repariert ihr Fahrrad. Sie reden nicht viel und wenn, dann nicht über früher. Wer sie zusammen sieht, hat den eigentümlichen Eindruck eines alten Ehepaars, das zur Verständigung schon lange keine Worte mehr benötigt. Aber im Unterschied zu einem alten Ehepaar haben sie noch nie Worte benötigt. Seit dem ersten Treffen scheinen sich beide einig zu sein: Alles ist in Ordnung, wie es war und wie es ist. Der andere ist in Ordnung, man selbst ist in Ordnung, das daraus resultierende Wir ist in Ordnung. Die beiden verfügen über einen unnatürlichen Frieden mit ihrer Geschichte. Wer daneben steht, hält diesen Frieden für trügerisch. Da müssen doch Sätze darauf warten, ausgesprochen zu werden, denkt man, so wie eine weiße Fläche auf einer Landkarte immer darauf wartet, gefüllt zu werden, weil da Dinge in der Natur liegen, die es nicht gibt, wenn sie nicht gesehen werden.

Auch nicht mehr gesehen werden folgende Bauwerke (in order of disappearance):
Berliner Mauer (Abriß 1990)
Lenin-Denkmal auf dem Platz der Vereinten Nationen (Abriß 1991-1992)
Stadion der Weltjugend (Abriß 1992)
Gaststättenkomplex "Lindencorso" (Abriß 1993)
DDR-Außenministerium (Abriß 1995)

Gaststätte "Ahornblatt" (Abriß 2000)
Palasthotel (Abriß 2001)
Hotel "Unter den Linden" (Abriß 2006)
Palast der Republik (Abriß 2006-laufend)

Die zweite Tochter (oder: 1998 bis 2004)

Johannas gesamte Pubertät lang ist J arbeitslos. Während sie im Maisfeld am anderen Ende des Dorfes den ersten Kuß und die erste Zigarette hinter sich bringt, tut J nichts. Anstatt seiner Tochter beizubringen, wie man eine Kette wieder aufs Rad bekommt, tut J nichts. Auch während die Mutter tagelang den Briefkasten nicht öffnet, um keine weiteren Mahnungen darin zu finden, tut J nichts.
Als die Mutter den zweiten Termin bei einem Anwalt hat, der J Alimente für das Kind abnehmen soll, sagt der Anwalt, er habe das überprüft, da sei nichts zu holen, die Mühe könne sie sich sparen. Das Wort "sparen" setzt sich an diesem Tag im Wortschatz der Mutter fest. Und auch J spart. Er spart sich den täglichen Fußweg zur Arbeit, er spart sich den Plattenweg nach Löcknitz in der Uckermark, er spart sich Wege aller Art, Fahrwege, Gehwege, Postwege, Bremswege, Feldwege, Parkwege, Privatwege, Dienstwege, Flucht- und Rettungswege, Umwege, Schleichwege, Wasserwege und am gekonntesten spart er sich Mittelwege, Heimwege und Rückwege; nur den Holzweg spart er sich nicht.

Die zweite Tochter (oder: 1998 bis 2004)
Zweiter Versuch

Während seine Tochter Johanna, so gut es eben geht, pubertiert, ist J arbeitslos. In

dieser Zeit steht er manchmal in seiner Wohnung und vermißt die Arbeit. Er nimmt dann einen Hammer aus dem Werkzeugkasten und läßt ihn immer wieder von einer Hand in die andere fallen. Manchmal ist ihm der Hammer nicht schwer genug, und er macht dieselbe Übung mit dem Akkubohrer, von rechts nach links und zurück und von vorn. Er denkt dabei an nichts Besonderes.
Manchmal sitzt J an seiner Theke und trinkt Bier. Seine linke Hand streicht über die Steine, die in Fischmustern angeordnet sind. Das geht aufs Haus, sagt der Wirt am Ende des Abends, wenn draußen die Straßenputzmaschine vorbeifährt und J einen Turm aus 10-Pfennig-Stücken auf seine Theke baut.
Manchmal lernt J eine Frau kennen.
Manchmal schaut J auf seine Hände und stellt fest, daß die Haut ganz weich geworden ist, daß da keine Schwielen und keine Hornhaut mehr sind, wo Schwielen und Hornhaut sein müßten, Mädchenhände, denkt er. Dann stellt er den Werkzeugkasten in die Mitte des Zimmers und werkelt ein paar Tage lang; er fliest das Bad oder sägt die Stuhlbeine ab, bis der Stuhl ein Kinderstuhl ist. Wenn er die Glühbirnen austauscht, steigt er zwischendrin nicht von der Leiter, sondern läuft mit ihr bis zur nächsten Lampe. Um nicht aus der Übung zu kommen, denkt er.
Immer öfter zieht J durch die Kneipen, bald kennt er die ganze Stadt, und die ganze Stadt kennt ihn, aber nur beim Vornamen. Manchmal gewinnt er eine Wette, denn er kann in weniger als 30 Sekunden einen sehr hohen Turm aus 10-Pfennig-Stücken bauen, der nicht umkippt. Er spielt immer um die nächste Runde.
Manchmal nimmt J eine Frau mit nach Hause.
Manchmal denkt J: Jeder hat das Recht, nichts zu tun. Und dann denkt er: Ich tue ja nicht

nichts, ich werkele oder trommele oder baue Türme aus 10-Pfennig-Stücken.
Manchmal trommelt J. Er trommelt auf allem, was unter seine flache Hand paßt, auf Lampenschirmen, Fahrradsätteln, dem Werkzeugkasten; manchmal nimmt er zwei Bleistifte als Trommelstöcke. Dabei denkt er an alte Zeiten und würde gerne wieder einmal die Lieder von damals hören, von den "Geringelten Strümpfen". Und er bereut, daß sie nie eine Aufnahme gemacht haben, die er seinen Töchtern vorspielen könnte, wenn sie einmal kommen und nach früher fragen.

gez. IM Selene

26

Wo das Zuckerdöschen steht

In einem anderen Raum als der 307 konnte ich mir Jens gar nicht vorstellen. Dieses Zimmer, mit nicht mehr ausgestattet als einem Bett, einem Stuhl, einem Schrank, einem Nachttisch und einem Tropfgestell, hatte ich vom ersten Tag an als seine natürliche Umgebung abgespeichert, als hätte es nie eine andere gegeben. Dort hatte ich ihn kennengelernt, dort waren alle Worte gefallen, die wir je gewechselt hatten, dort hatte ich ihn träumen und erwachen, essen und erbrechen gesehen. Hinter der schweren Brandschutztür, auf diesen vierzehn Quadratmetern, zwischen den gelben Wänden, nur dort. So erklärte ich mir das Unerklärliche, nämlich bislang nicht daran gedacht zu haben, dass Jens in seinem Leben vor der 307 auch eine Wohnung gehabt haben musste. Eine Wohnung, in der es Unterlagen geben könnte und alte Briefe, Bücher mit handschriftlichen Widmungen und Einzelverbindungsnachweise seines Telefonanschlusses.

Antonia wartete vor dem Haus in der Elsenstraße auf mich. Wir umarmten uns lange, wir holten die Berührung nach, die auf H3 hätte stattfinden sollen, aber nicht stattgefunden hatte; vielleicht, weil Hilde dabei gewesen war, vielleicht, weil wir lieber Jens hatten berühren wollen als einander, vielleicht auch, weil es schon befremdlich genug gewesen war, dass drei einander kaum bekannte Frauen gemeinsam am Bett eines toten Mannes saßen. Ich dachte daran, wie ich bei meiner Mutter angerufen hatte, um ihr von Jens' Tod zu erzählen, wie wir uns die Ohren heiß geschwiegen hatten, so lange, bis es nichts mehr zu sagen gab. Mit Antonia war es genauso, wir umarmten uns, bis die Nacken steif wurden und es überflüssig geworden war, einander etwas zu erklären oder sich zu entschuldigen.

Jens' Wohnung lag im zweiten Stock. Antonia schloss die Tür auf, Antonia setzte Teewasser auf, Antonia spülte zwei staubige Tassen ab, Antonia nahm das Zuckerdöschen aus dem Küchenschrank. Ich schaute ihr zu, bis ich es nicht mehr ertrug, keine Ahnung zu haben, wo hier das Zuckerdöschen stand. Ich ging durch die Wohnung: eine Küche, ein Flur, ein Bad und zwei Zimmer, davon ein Schlafzimmer und eines, das auf den ersten Blick eine Abstellkammer und auf den zweiten eine Werkstatt war. Antonia kam mit den Tassen und drückte mir eine in die Hand. Dann stapelte sie allen Papierkram, den sie in der Wohnung fand, auf dem Bett. Am liebsten hätte ich ihr den Haufen aus den Händen gerissen und ihn sofort durchsucht. Aber ich wollte mir nicht anmerken lassen, dass ich weniger zum Helfen als zum Recherchieren hergekommen war; Antonia würde mir nur wieder vorwerfen, nach Belegen für einen Rabenvater zu suchen. Sie setzte sich in die Mitte des Betts und sortierte die Blätter auf zwei Haufen: was benötigt wurde, um Jens' Leben auch bürokratisch zu beenden, und was in ihren Augen nutzlos war. Ich bestimmte fünf Ecken, in denen jeweils eine Müllsorte gesammelt werden sollte: Plastemüll, Papiermüll, Kleidermüll, Sperrmüll und Sondermüll. Dann begann ich, alles, was ich allein tragen konnte, in die entsprechenden Ecken zu sortieren.

Das nicht, rief Antonia hin und wieder zu mir rüber und zeigte auf einen Gegenstand, den ich gerade in den Händen hielt. Ihre Entscheidungen, dieses oder jenes zu behalten, begründete sie jeweils mit einem kurzen Satz. Sie zeigte auf eine zerfledderte Schiebermütze und sagte: Die hat er bei unserem letzten Ostseeurlaub immer getragen. Sie zeigte auf einen riesigen gewundenen Kerzenständer und sagte: Das ist sein Gesellenstück. Sie zeigte auf einen bunt bemalten Werkzeugkasten und sagte: Den hab ich ihm zum Fünfzigsten geschenkt. Ich richtete eine sechste Ecke für Antonia ein. Ich stieß auf keinen Gegenstand, der eine siebte Ecke für mich nötig gemacht hätte. Für mich hatten die Dinge in dieser Wohnung keine Geschichte, sie waren alle gleich unbedeutend, der Restmüll eines Lebens. Ich ärgerte mich kurz, dass ich die Schnabeltasse aus dem Krankenhaus nicht mitgenommen hatte oder wenigstens den Bleistift. Doch dann bezweifelte ich, dass es immer dieselbe Schnabeltasse und immer derselbe Bleistift gewesen waren.

Antonia war fertig mit Sortieren und überreichte mir den unnützen Stapel für die Papiermüllecke. Ich ließ ihn in einem leeren Pizzakarton verschwinden. Sie setzte sich wieder aufs Bett und telefonierte. Mit dem Vermieter, mit der Haftpflichtversicherung, mit der Sperrmüllabfuhr. Sie notierte Adressen und Telefonnummern und welche Unterlagen benötigt wurden. Als Antonia nicht hinsah, schob ich den Pizzakarton in meine Tasche.

Wir trugen den Sperrmüll auf den Bürgersteig vor dem Haus, wir brachten den Pappmüll zur Tonne, wir gaben den Sondermüll in der Apotheke ab. Dann kündigte Antonia den Telefonvertrag und warf Jens' Telefon in eine Kiste, auf die ich *Elektromüll* geschrieben hatte. Sie schloss die Wohnungstür ab, an der Straßenbahnhaltestelle fuhren wir in verschiedene Richtungen.

Zu Hause fand ich eine Postkarte im Briefkasten. Die Vorderseite zeigte eine historische Schwarz-Weiß-Aufnahme der Pferdebahn in Toronto. *Liebe Johanna,* stand auf der Rückseite, *hier gibt es zwar keine Pferdebahn mehr, dafür aber auch keine giftigen Tiere. Pass auf dich auf, dein Karl.* Er war also wirklich gegangen, wenn auch nach Kanada und nicht nach Australien. Aber was machte das für einen Unterschied, die Frage war, wann er zurückkam, ob er zurückkam. Ich wusste nicht einmal, ob er dort nur Urlaub machte oder ausgewandert war. Im Flur meiner Wohnung heftete ich die Karte mit einer Reißzwecke an die Wand. Dann kippte ich den Pizzakarton auf dem Fußboden aus. Es war ein wildes Durcheinander aus handgeschriebenen Erinnerungszettelchen, Baumarkt-Quittungen, Telefonrechnungen. Dazwischen entdeckte ich einen vergilbten Zettel, der nur gerade so noch lesbar war: der Beleg über eine Autoreparatur im Oktober 1989. Ich fühlte mich, als hätte ich das Original der Ebstorfer Weltkarte im Pizzakarton gefunden. Und zwar nicht die farbige Nachbildung aus den Fünfzigerjahren, sondern die zwölf Quadratmeter zusammengenähter Pergamentblätter aus dem Mittelalter, die 1943 bei einem Luftangriff auf Hannover verbrannt sein sollen. In den Händen hielt ich alles, was ich für den letzten Akteneintrag brauchte.

HA IV

Aufklärung der Vermißtensache Jens Borg

Trommelwirbel: In der Vermißtensache Jens Borg konnten endlich Beweise sichergestellt werden. Die Akte kann unter Hinzufügung des Abschlußberichts geschlossen werden.

Abschlußbericht

Als J am Morgen des 4. Oktober 1989 in seinen Wartburg steigt, sind die Scheiben von innen beschlagen. Es ist Vormittag, es ist Herbst, es ist deutlich zu kalt für einen Oktoberanfang. Er läßt den Motor an und dreht die Heizung auf die höchste Stufe. Das Schaffell, mit dem die Vordersitze überzogen sind, ist ein bißchen klamm, dennoch lehnt sich J zurück. Er starrt auf die Frontschutzscheibe, auf der sich zwei kleine Kreise bilden, da, wo die Luft aus dem Armaturenbrett kommt. Durch die Kreise, die langsam größer werden, sieht J die Kulisse eines Lebens, das das seine sein soll. Er sieht die Pflastersteine der Hauptstraße des Dorfes, in dem seine Freundin mit der gemeinsamen Tochter wohnt, und er weiß genau, wie es sich anhören wird, wenn er gleich mit seinem Wartburg darüberfährt, bis zum Ortsausgangsschild wird es dumpf poltern, dann wird er auf die betonierte Landstraße kommen und hören, welche Kassette im Spieler ist. Er sieht den asphaltierten Bürgersteig, der bei großer Sommerhitze manchmal weich wird, den Bürgersteig, über den er so oft gelaufen ist, daß es an ein Wunder grenzt, daß seine Schuhabdrücke nicht darauf sichtbar sind. Die zwei Kreise auf der Frontschutzscheibe sind jetzt so groß, daß er auch das Haus sehen kann, in dem Astrid die kleine Wohnung hat. Er sieht die Eingangstür, für die er einen Schlüssel hat, und er überlegt, was man mit Schlüsseln macht, die man nicht mehr braucht. Vielleicht einschmelzen, denkt er, und eine Murmel daraus gießen, mit der das Kind spielen kann. Und jetzt sieht er auch das Fenster im dritten Stock, hinter dem Astrid mit der Tochter wohnt. Astrid ist keine, die Gardinen an den Fenstern hat, also sieht er den Küchentisch und die halbgeleerten Müslischalen, die Müslischalen stellt er sich vielleicht nur vor, er weiß, daß sie da stehen, weil er eben noch dort gesessen hat. Es kommt ihm vor, als wäre das sehr lange her, so lange, daß er nicht mehr sagen kann, was genau gesprochen wurde. Er sieht die Spitze des Kleiderständers, den er einmal geschmiedet und Astrid geschenkt hat, und er versucht sich zu erinnern, was gesprochen wurde. Es war um den Umzug in das Haus seiner Eltern gegangen, und um irgendwelche Freiheiten, und auch um das Kind, das eingeschlafen war, sobald der Streit angefangen hatte. Darum hat er das Kind immer beneidet, daß es einfach einschlafen durfte, wenn es kompliziert wurde. Es war auch um Tage und Uhrzeiten gegangen, zu denen man zu Hause sein sollte, aber er kann beim besten Willen nicht sagen, was davon dazu geführt hat, daß er jetzt hier sitzt und weiß, daß er nicht mehr der Mann an Astrids Seite ist. Morgenmufflig ist er gewesen, das ja, vermutlich die Nachwehen des Streits mit seiner Mutter am Vortag, aber Morgenmuffligkeit ist doch kein Trennungsgrund, denkt er. J weiß, daß der Trennungsgrund ein ganz anderer ist, aber benennen kann er ihn nicht. Geblieben ist ihm Astrids Kritik an seinem Gesichtsausdruck: Wenn du die Auftraggeber auch so anschaust, hat sie gesagt, ist unser Kontostand kein Wunder. Gestritten haben Astrid und er schon immer viel, aber in letzter Zeit war etwas daran anders, das er auch nicht benennen kann, das Streiten hat aufgehört Spaß zu machen, und danach haben sie meistens lange geschwiegen ~~anstatt wie früher miteinander zu schlafen.~~ Vielleicht muß man in einer Beziehung den Zeitpunkt finden, wo man mit dem Streiten aufhört, denkt J, vielleicht haben wir diesen Zeitpunkt verpaßt, denn er gehört zu den Dingen, die sich erst bemerkbar machen, wenn sie vorüber sind, wie die letzte Tankstelle vor der Grenze. Dann denkt er eine Weile darüber nach, wann dieser Zeitpunkt gewesen sein könnte, ihm fällt aber nur das Kind ein, und das Kind soll mit alldem nichts zu tun haben, also verwirft er den Gedanken und löst die Handbremse und schiebt die Kassette in den Spieler.

Am Ortsausgangsschild hört er, daß es eine Kassette von Silly ist. Er fährt die Landstraße entlang über die Dörfer, bzw. ist es eher so, als würde das Auto ihn dort entlangfahren, er denkt nicht darüber nach, er fährt den Weg Richtung Kavelstorf, Richtung Schmiede und Elternhaus, den Weg zur Arbeit, wie immer, wenn er morgens von Astrid losfährt. Als das Lied "Mont Klamott" kommt, beginnt er, den Rhythmus auf dem Lenkrad mitzutrommeln. Dann stellt er sich eine Frage, die er sich bis dahin noch nie gestellt hat, nämlich, ob er eigentlich zur Arbeit in die Schmiede fahren will. Er nähert sich einem breiten Pflug, es ist Saatzeit für den Winterweizen, der Pflug fährt nur 30 km/h, aber anstatt zu überholen, drosselt J das Tempo und fährt langsam hinterher. Er denkt an den Dachstuhl des Elternhauses, den er schon zweimal angefangen hat auszubauen und in den nun schon zum zweiten Mal keine Frau und kein Kind einziehen werden. Er denkt auch an das große Schild am Gartenzaun, auf dem noch immer "Schmiedemeister Heinrich Borg" steht, obwohl dort schon seit einem halben Jahr, seit seinem 35. Geburtstag, sein Name stehen sollte, so war es mit den Eltern abgemacht worden, vor über 15 Jahren. Und er denkt, daß der leer bleibende Dachstuhl nichts an dem Namensschild ändern wird, im Gegenteil, denn der leere Dachstuhl gehört zu den wichtigsten Gründen für den nicht geänderten Namen am Gartenzaun, wenn er das richtig verstanden hat, da ist er sich in letzter Zeit oft unsicher, denn eigentlich weiß er nicht, was der Dachstuhl mit dem Gartenzaun zu tun hat.

Der Pflug biegt in einen Feldweg, und J stellt fest, daß er gerade den letzten Strommast vor der Fernverkehrsstraße passiert hat und in weniger als einer Stunde in Kavelstorf sein wird. Er möchte den Gartenzaun nicht sehen und nicht das Haus mit dem Dachstuhl und auch die Eltern nicht, er will nicht ankommen, dort nicht und auch woanders nicht, er will lieber noch im Auto sitzen und umherfahren. Dann kommt er an die Kreuzung von Land- und Fernverkehrsstraße. Ihm fällt der gestrige Morgen wieder ein, der Bandsalat seiner Lieblingskassette, das angespannte Gesicht seiner Mutter auf dem Beifahrersitz. Ihr Gesicht hat er gar nicht gesehen, schließlich mußte er auf die Straße schauen, er sieht es aber so deutlich vor sich, als hätte er sie unentwegt angeschaut, wie die Autofahrer in den alten amerikanischen Filmen, die seine Mutter so liebt. J kurbelt die Scheibe herunter. Kurz bildet er sich ein, der Geruch der Schmiede würde hereinwehen, Lack auf Ölbasis und heiße Metallspäne. Er fragt sich, ob der Vater ihm jetzt, wo er nicht mehr mit Astrid zusammen ist, die

Schmiede überschreiben wird. Er könnte ihm sagen, er habe einen Punkt hinter die Weibergeschichten gesetzt, um ein guter Unternehmer zu werden, und wenn er noch mal eine Frau anschleppe, dann eine, die auch auf den Hof ziehen wolle. Bei der Vorstellung, wie er das zum Vater sagt, muß J lachen, er verschluckt sich, hustet, lacht wieder. Bis gestern hat er geglaubt, daß die Mutter die Ansichten des Vaters nicht teilt, daß sie abends, wenn er bei Astrid und dem Kind ist, ein gutes Wort für ihn einlegt, daß sie seit Monaten sanft aber stetig auf den Vater einredet, dem Sohn endlich die Schmiede zu überschreiben, wie es abgemacht war, seit der polytechnischen Oberschule. J schaut auf die Tankanzeige, er beschließt, nicht vor dem Zubettgehen der Eltern zurück zu sein, und fährt dann auf die Fernverkehrsstraße, Richtung Berlin.

J fummelt das Päckchen Karo filterlos aus seiner Hemdtasche und zündet sich eine an. Er kommt sich ein bißchen rebellisch dabei vor - seit das Kind da ist, hat er nicht mehr im Auto geraucht - und muß grinsen. Er versucht sich zu erinnern, wann er zum letzten Mal rauchend und ziellos durch die Gegend gefahren ist, weil er nirgendwo ankommen wollte. Vermutlich, als Astrid im Kreißsaal lag und die Krankenschwester ihn wegschickte; es dauere noch eine Weile, sagte sie, er solle in die Kantine gehen, da gebe es heute Bratkartoffeln. Er hatte keine Bratkartoffeln essen wollen und fuhr statt dessen umher, dabei hörte er den Mitschnitt der "Hammer=Rehwü" von Karls Enkel. Als er eine Stunde später zurückkam, war das Kind schon da.

J klappt das Handschuhfach auf, in dem sich um die 30 Kassetten befinden, und räumt

sie auf den Beifahrersitz. J ist keiner, der Kassetten beschriftet. Trotzdem weiß er ganz genau, was wo drauf ist. Er greift nach der "Hammer=Rehwü" und schiebt die Kassette in den Spieler.
Es ist Mittwoch, es ist früher Nachmittag, er hat die Fernverkehrsstraße fast für sich allein. Es läuft das "Berlin Lied", J singt es auswendig mit. Er weiß nicht, daß es später einmal das Lieblingslied seiner Tochter sein wird, vor allem der Refrain und die vierte Strophe, weil die von einem Fisch gesungen wird:

"Und ein Fisch aus unsrer Spree
Hebt den Fuß und ruft: 'Olé!
Beim ersten Mal da tut's noch weh
Liebe Angler vom Komitee
Nein, ich will nicht in Gelee
Laßt mich leben, liebe Leute
Sucht euch eine andre Beute
Haken weg, ich bin nur ein armes Vieh
Und stink viehisch nach Chemie
Ich will lieb sein, wie die Bürger hie
Sonst sag ich den Genossen vis-à-vis
Daß ich in die Nordsee flieh.'

Lala-lala-lala-la. Lala-lala-lala-la. Und:
Kleine Fische, große Fische
Kleine Haken, große Haken
Nicht aus Stahl und Pappmaché
Nein, aus Wasser ist die Spree."

Die Tochter wird dieses Lied rauf und runter hören, etwa in der 4. Klasse, wenn

sie eine Zeitlang fasziniert sein wird von Fischen, vermutlich, weil ihre Mutter nie welche mitbringt, um sie gesund zu pflegen. Daß es in dem Lied nicht nur um einen Fisch geht, wird die Tochter erst sehr viele Jahre später begreifen. Und so richtig verstehen wird sie das Lied nie, ihr wird der kulturelle Kontext fehlen. Aber all das kann J nicht wissen, als er auf dem Lenkrad den Rhythmus mittrommelt und gerade denkt, daß er bald umdrehen muß, wenn er mit dem Tank noch bis nach Hause kommen will, und als auf einmal ein dumpfes Geräusch zu hören ist und ein Ruck durch den Wartburg geht, als hätte ihn jemand gerammt.
J schaut in Rück- und Seitenspiegel, da ist weit und breit kein anderes Auto. Aus der Kühlerhaube qualmt es ein bißchen; J lenkt den Wagen auf den Seitenstreifen und läßt ihn ausrollen, bis er zum Stehen kommt. Er bleibt einen Moment so sitzen und schaut auf den Qualm, in dem er Rauchzeichen zu erkennen versucht, er denkt an das Kinderbuch vom kleinen Indianer, das seine Mutter ihm früher vorgelesen hat, wo ist das eigentlich, das müßte man der Tochter vorlesen, sobald sie groß genug dafür ist, in drei Monaten oder vielleicht auch erst in fünf Jahren, er hat keine Vorstellung davon, wann das Kind wofür groß genug sein wird, und vielleicht wird es sich nie für Indianer interessieren, was weiß er. Dann zieht er den Entriegelungshebel neben seinem linken Knie, der die Kühlerhaube öffnet, und steigt aus.

Er wartet, bis der Rauch sich verzogen hat, und sieht auf die Kabel und Schläuche in der Kühlerhaube, an manchen fährt er mit zwei Fingerspitzen entlang, als könnte er erfühlen, ob sie defekt sind. Bestimmt eine Stunde lang überprüft er Kabel und Schläuche, Ventile und Filter, er kontrolliert Ölstand, Kühlwasser und Bremsflüssigkeit, er findet nichts Ungewöhnliches. Seine Fingerspitzen sind jetzt ganz schwarz, und irgendwie fühlt er sich gleich wohler, wahrscheinlich, weil er öfter schmutzige Hände hat als saubere. Und richtig sauber waren seine Hände schon lange nicht mehr, vermutlich in der Schule zum letzten Mal, seitdem ist da immer Schmutz unter den Fingernägeln und in den Nagelbetten und auch auf den Handflächen gewesen, der sich mit Seife und Bürste nicht entfernen ließ, Metallstaub wahrscheinlich, gegen den nicht einmal Quasi-Feinwaschmittel hilft. Er denkt darüber nach, ob sich der Tiefenschmutz in seinen Händen ablagert, ob sich innen kleine Metallstaubmurmeln bilden, so daß seine Hände irgendwann zu schwer sein könnten, um sie hochzuheben. Wenn er genau darüber nachdenkt, sind ihm seine Hände schon oft schwerer vorgekommen als am Vortag, beispielsweise heute.

J fingert eine Zigarette aus dem Päckchen in seiner Brusttasche, zündet sie an und lehnt sich gegen seinen Wartburg. Gerade denkt er, daß er ja ziemlich in der Patsche sitzt, als sich ein Auto nähert, abbremst und anhält. Ein älterer Herr steigt aus und fragt, ob er helfen könne. J möchte noch nicht zurück zu dem Dachstuhl und dem Gartenzaun und antwortet, daß sein Keilriemen gerissen sei. Der Keilriemen ist völlig in Ordnung, soviel versteht J von Autos, aber er weiß, daß man bei einem gerissenen Keilriemen nicht viel machen kann, wenn man nicht gerade eine Nylon-Feinstrumpfhose dabeihat, und es ist ziemlich unwahrscheinlich, daß der Herr eine Nylon-Feinstrumpfhose dabeihat, es sei denn,

er transportiert gerade ein Westpaket für seine Frau. Der Herr hat dann tatsächlich keine Nylon-Feinstrumpfhose dabei und bietet J an, seinen Wartburg abzuschleppen. Wohin er denn müsse, fragt der Herr, und J fragt, wohin er denn führe.
Nach Berlin, sagt der Mann.
Prima, sagt J, ich auch.
Sie machen das Seil fest, dann steigt der Herr in sein Auto und J in seinen Wartburg. Er lehnt sich in seinem schaffellgepolsterten Sitz zurück. Im Rückspiegel sieht er den Kindersitz.

Die Autowerkstatt in Berlin, bei der sich J absetzen läßt, hat keine Zündkerzen mit M18-Gewinde vorrätig. Die Beschaffung kann 24 Stunden dauern, oder 24 Tage, oder noch länger. J soll immer mal anrufen und nachfragen.

Als J unweit der Autowerkstatt in der Bar Ottokar einen Wurzelpeter bestellt, fragt er sich zum ersten Mal, ob es vielleicht eine Schnapsidee war, sich nach Berlin abschleppen zu lassen. Aber da es nun so ist, wie es ist, beschließt er, sich ein paar nette Tage in dieser Stadt zu machen. Daß die Zündkerze nicht in 24 Stunden und auch nicht in 24 Tagen vorratig sein worden und daß er sogar nie wieder Wartburg fahren wird; daß er in ein paar Jahren den Stuhl, auf dem er sitzt, nach einem Senator werfen und noch ein paar Jahre später die häßliche holzvertäfelte Theke erneuern wird, das alles ahnt J nicht, als er den Wurzelpeter in einem Zug austrinkt und gleich einen zweiten bestellt.

Dann gehen ein Land und viele Jahre ins Land, und es kommt einiges dazwischen. Wann J aufhört, sich zu fragen, welcher Zeitpunkt ein guter für seine Rückkehr in die Uckermark wäre, kann er im nachhinein nicht mehr sagen.

gez. Selene

27

Eine Urne Abstand

Die Frau im Bestattungsinstitut stellte die Urne auf den Schreibtisch und stemmte die Arme in die Hüften, wie man es nach getaner Arbeit zu tun pflegte. Ich hatte den Eindruck, dass es jetzt an mir war, etwas zu sagen, aber ich wusste nicht, was. Sollte ich die fertige Arbeit loben? Oder mich bedanken? Sie holte eine Plastetüte aus der Schreibtischschublade und hielt sie mir fragend hin. Erst jetzt verstand ich, dass ich die Urne offenbar mitnehmen sollte. Wie man eine Urne richtig transportierte, wusste ich nicht, aber ich konnte ausschließen, dass eine Plastetüte die richtige Variante war.

Nein danke, sagte ich, das geht so.

Die Frau nickte und ließ die Tüte auf den Schreibtisch sinken.

Ich schaute das dunkelrote Gefäß an, das genauso aussah wie beim letzten Mal, obwohl jetzt Jens darin war. Wie viel wog eine gefüllte Urne? Würde ich sie überhaupt tragen können? Die Frau kramte jetzt in ihren Unterlagen, und ich war froh über diese kurze Pause, in der ich mich auf den bevorstehenden Urnentransport vorbereiten konnte. Beziehungsweise auf die Ablehnung desselben, denn ich könnte die Annahme ja auch verweigern. Tut mir leid, könnte ich sagen, ich nehme die nicht mit, ich trage grundsätzlich keine Urnen durch die Gegend, schon gar nicht in Plastetüten.

Die Frau legte ein Blatt Papier neben die Urne, es war die Sterbeurkunde. Ich nahm sie in die Hand und las Jens' Namen, las die Adresse seiner letzten Wohnung, in der ich den Beleg über die Wartburgreparatur gefunden hatte, las das Datum, an dem ich zum letzten Mal im Lazarus-Krankenhaus gewesen war, in dem ich über so viele Wochen die Zeit zwischen meinen Schichten verbracht hatte. Und dann war es unmöglich, Urne und Urkunde einfach hierzulassen, natürlich würde ich beides mitnehmen, schon wegen der Plasteblume am Zopf der Krankenschwester, wegen der vielen frischen Laken und dem Blick vom Balkon.

Ich nahm eine Mappe aus meiner Tasche und packte die Urkunde hinein. In der Mappe lag auch der vergilbte Zettel aus dem Pizzakarton. Ich hatte ihn am Morgen eingesteckt und wieder ausgepackt, eingesteckt und wieder ausgepackt und wieder eingesteckt, ich wusste nicht, ob ich jemandem davon erzählen sollte.

Na dann, sagte die Frau und nickte wieder, ich nickte zurück, dann sagte sie, dass sie mir die Rechnung per Post schicken würde, und ich nickte noch einmal. Wir sahen uns einen Moment lang an, als gäbe es noch etwas zu sagen. Ich hatte irgendetwas fragen wollen, das mir jetzt nicht einfallen wollte, wie sollte man sich auch konzentrieren, wenn einem der eigene Vater ausgehändigt wurde. Also legte ich die Hände um die Urne, sie hatte Zimmertemperatur. Ich nahm sie hoch, sie war ganz leicht, viel leichter, als ich erwartet hatte. Trotzdem hielt ich sie mit beiden Händen fest, als ich das Bestattungsinstitut verließ und der Bewegungsmelder über mir leise klingelte. Ich ging ein paar Schritte, dann kam es mir falsch vor, die Urne gut sichtbar vor mir herzutragen; so trug man höchstens einen Pokal. Ich klemmte sie unter den Arm und verdeckte sie, so gut es ging, mit meiner Jacke. Ich überlegte, wen ich jetzt anrufen sollte, Hilde, meine Mutter oder Antonia. Hilde und meine Mutter würden zwei bis drei Stunden brauchen, bis sie hier waren, also entschied ich mich für Antonia.

In der Straßenbahn stellte ich die Urne auf den Sitzplatz neben mir. Die Bahn bremste scharf und die Urne kippte um, ich hörte es klappern. Ich hielt die Urne auf Ohrhöhe und schüttelte sie kurz. Ich fand keine Antwort auf die Frage, wieso Asche klapperte. Das sah Jens ähnlich, jetzt noch zu klappern, jetzt noch Fragen aufzuwerfen, auf die ich keine Antwort fand. Ich wollte die Urne wieder auf den Platz neben mir stellen, doch da saß inzwischen jemand. Ich nahm Jens auf den Schoß und fragte mich, ob ich je auf seinem Schoß gesessen hatte.

Am Alexanderplatz stieg ich aus und setzte mich auf eine Bank. Antonia war nicht zu sehen. Ich klemmte die Urne zwischen meine Knie und drehte mir eine Zigarette. Ich zündete sie an und zog daran und schaute zu, wie der Wind die Asche von der Zigarettenspitze über die Gleise wehte. Ob Jens irgendwohin geweht werden wollte, wusste ich nicht. Die zweite Straßenbahn hielt, Antonia stieg nicht aus. Weitere fünf Minuten musste ich nicht darüber reden, was der letzte Wille des Mannes gewesen sein könnte, der zwischen meinen Knien klemmte. Ich hob die Urne noch mal hoch, sie war wirklich nicht schwerer als ein Neugeborenes. Dann fiel mir der Satz mit den lebenswichtigen Organen wieder ein. Wenn sich in dem dunkelroten Gefäß wirklich nur Kopf und Herz und Lunge von Jens befanden, war es auch kein Wunder, dass die Urne so leicht war. Und dann fiel mir auch ein, was ich die Frau im Bestattungsinstitut hatte fragen wollen: wie das eigentlich funktionieren sollte, nur die lebenswichtigen Organe zurückzubekommen. Denn ich hielt es für unwahrscheinlich, dass eine Leiche vor der Verbrennung in ihre Einzelteile zerlegt wurde. Ich stellte die Urne neben mich auf die Bank und legte meine rechte Hand darauf, wie auf eine Tasche, die mir jemand wegnehmen könnte.

Aus der dritten Bahn stieg Antonia. Sie umarmte mich, dann setzte sie sich auf die Bank, zwischen uns eine Urne Abstand. Antonia starrte das dunkelrote Gefäß an, als hätte sie keine Ahnung, was sich darin befand. Ich schaute auf meine Tasche. Wenn ich den kleinen gelben Zettel nicht aus Jens' Wohnung gerettet hätte, wäre er im Papiermüll gelandet. Jetzt wäre ein guter Zeitpunkt, dachte ich, jetzt sollte ich von dem Wartburg und der Reparatur erzählen. Doch Antonia sah überhaupt nicht so aus, als wollte sie das wissen. Sie streckte die Hand Richtung Urne aus, zögerte, als handelte es sich um einen toten Fisch, der noch Reflexe haben und zappeln könnte; sie legte die Hand wieder in den Schoß.

Wer nimmt die mit nach Hause?, fragte sie.

Ich weiß nicht, sagte ich, willst du?

Ich weiß nicht, sagte sie.

Wir nahmen Tabak und Blättchen aus unseren Taschen. Ich musste auch mit Hilde sprechen, dachte ich, und mit meiner Mutter. Sie hatten mir ihre Versionen erzählt und nun auch ein Recht auf die Geschichte von der Wartburgreparatur; ich sollte mit dem Erzählen anfangen, und zwar genau jetzt, in dieses raschelnde Schweigen hinein. Doch wie die Urne so zwischen uns stand, kam mir der vergilbte Zettel plötzlich sehr unbedeutend vor. Er erzählte eine banale und private Geschichte, in der zunächst nur der Motor eines Wartburgs Schuld hatte, und danach Jens selbst. Es war eine Geschichte, in der nur ich mich einrichten konnte, weil es für die anderen undenkbar war, dass Jens' Verschwinden nichts mit der DDR zu tun gehabt haben könnte. Weder Antonia noch Hilde noch meine Mutter würden es sich in ihr bequem machen können. Doch für mich war diese Geschichte immer noch besser als gar keine Geschichte, die ich glauben konnte. Glauben, das Wort verhedderte sich zwischen meinen Fingern, die versuchten, die neue Zigarette zu drehen. Theoretisch war es möglich, dass es sich auf dem vergilbten Zettel um den Wartburg von jemand anderem handelte. Theoretisch schloss die Wartburgreparatur gar nicht aus, dass die Geschichten der anderen auch stimmten. Der Wind fegte mir den Filter vom Blättchen, ich fummelte einen neuen aus der Packung.

Antonia legte nun doch die Hände um die Urne, als könnte sie sie daran wärmen. Dann nahm sie die Urne hoch.

Die ist ja ganz leicht, sagte sie.

Ich musste wieder an den Satz mit den lebenswichtigen Organen denken. Der Tote wird auf eine Bahre gelegt und in den Ofen geschoben, stellte ich mir vor, nachher wird die Asche von der Seite, wo zuvor der Kopf war, in die Urne gefüllt, mit einer Art Spachtel. Etwa bis dorthin, wo zuvor der Bauchnabel war, muss gespachtelt werden, um alle lebenswichtigen Organe in die Urne zu füllen. Der Rest wird woanders entsorgt.

Unser Vater war Schmied, sagte ich.

Antonia sah mich fragend an.

Unser Vater war Schmied, sagte ich, und wir beerdigen ihn ohne seine Hände.

Epilog

Ich sitze am Küchentisch und schaue aus dem Fenster. Ich sehe die Fassade des Hauses gegenüber und den Junihimmel darüber. Die hereinströmende Luft riecht noch nach Regen, das Fenster ist angekippt. Am Wochenende habe ich den Rahmen neu gestrichen und seither sieht man, dass die Scheiben geputzt werden müssten. Ich nehme den Tabak, der neben dem Brief und dem Messer auf dem Küchentisch liegt, und drehe mir eine Zigarette. Dabei lese ich den Absender noch mal Buchstabe für Buchstabe durch, als hätte ich die Abkürzung nicht schon auf den ersten Blick verstanden. *BStU Berlin* steht dort. Ich setze Wasser auf.

Der Brief hat auf der Ablage im Flur gelegen, als ich nach Hause kam, ein ökopapiergrauer und maschinenbedruckter Umschlag. Hallo?, habe ich in die Wohnung gerufen, doch es war niemand da. Ich habe die Schuhe abgestreift, meine Tasche in eine Ecke geworfen und bin in die Küche gegangen. Von der achten Novellierung des Stasi-Unterlagengesetzes habe ich vor zwei Jahren in der Zeitung gelesen. Angehörige von Verstorbenen hatten ab sofort leichter Zugang zu den Akten. Es war Dezember 2011, ich habe den Antrag ausgefüllt, Jens' Sterbeurkunde und meine Meldebestätigung kopiert und den Brief abgeschickt. Ein halbes Jahr später kam der Bescheid, dass Jens Borg von der Staatssicherheit erfasst worden sei und die Archivrecherche veranlasst werde.

Von draußen höre ich das Rauschen der Stadt und die Stimmen der Kinder im Hof. *Eins, zwei, drei, vier, Eckstein, alles muss versteckt sein.* Hier drinnen brodelt der Wasserkocher. Ich mag diese Stille, die keine ist, die einem erst wie eine vorkommt, wenn man lange genug in der Stadt lebt. Der Wasserkocher klickt, ich gieße den Kaffee auf und setze mich wieder an den Tisch. Dann nehme ich das Messer und schiebe die Spitze unter den Umschlag. Ich öffne den Brief, wie man ein Medikament einnimmt, dessen Wirkung man nicht kennt: Die Hand zögert kurz und erledigt die Sache dann in einer einzigen, entschiedenen Bewegung. Das Geräusch reißenden Papiers kommt mir viel zu laut vor.

In dem Brief steht, dass die Unterlagen, die aufgrund des Ergebnisses der Karteirecherche zu meinem verstorbenen Vater, Herrn Jens Borg, geb. am 5. 3. 1954, aufgefunden werden konnten, für die Einsichtnahme vorbereitet worden sind. Unter der oben stehenden Telefonnummer soll ich einen Termin für die Einsichtnahme im Lesesaal der BStU vereinbaren.

Ich lege das Schreiben auf den Tisch und stelle mich ans Fenster. An der Innenseite des Rahmens entdecke ich eine Leiste, deren zweiten Anstrich ich vergessen habe, das alte Eierschalenweiß schimmert hindurch. Ich zünde die Zigarette an und sehe in den Hof. Die Kinder dort unten sind Nele, Jimmy und Rhea, sie wohnen im Seitenflügel. Wenn ihren Eltern das Salz ausgeht, klingeln die Kinder bei uns. Jetzt zeichnen sie mit Kreide die Hüpfschnecke neu auf den Beton, wie nach jedem Regen, diesmal in Grün. Ich höre das Knistern der Glut, wenn ich an der Zigarette ziehe, und frage mich, ob der Stapel im Lesesaal größer oder kleiner ist als der, den ich vor fünf Jahren selbst geschrieben habe. Ich habe lange nicht an den Stapel gedacht; seit dem letzten Umzug liegt er in irgendeinem Karton auf dem Dachboden. Nele schaut zu mir hoch und winkt, ich winke zurück. Ich überlege, ob ich Antonia anrufen und sie fragen soll, ob sie mitkommen will in den Lesesaal. Ich nehme mein Handy aus der Hosentasche, lege es dann aber aufs Fensterbrett. Die Frage ist nicht, ob ich Antonia mitnehmen soll, sondern ob ich selbst dorthin möchte. Ich muss kurz auflachen, weil ich hier stehe und darüber nachdenke, als könnte ich mir meine Geschichte aussuchen.

Die Kinder spielen jetzt Klatschreime. *Mein Vater fuhr zur See-See-See, als Oberkapitän-tän-tän. Er kehrte nie zurück-rück-rück, das war mein bestes Glück-Glück-Glück. Ach wenn mein Vater wüsst-wüsst-wüsst, dass ich die Männer küss-küss-küss, dann schlägt er sie KO-O-O, die Männer sind ja so-so-so.* Bei den letzten Silben tippen sie sich mit dem Finger drei Mal an die Stirn.

Seit fünf Jahren erzähle ich jedem, der mich nach meinem Vater fragt, dass Jens eine Autopanne hatte und von Honeckers persönlicher Krankengymnastin Erika abgeschleppt wurde, die gerade von einem Familienurlaub zurückkehrte. Dass Jens sich mit seinem Wartburg nach Berlin abschleppen ließ, weil die Krankengymnastin dringend nach Wandlitz musste. Und dass diese Stadt ihn dann verschluckt hat, bis jeder geeignete Zeitpunkt für eine Rückkehr vorbei war, und so bin ich ohne Vater aufgewachsen. Wenn ich die Geschichte Zugezogenen erzähle, füge ich hinzu: Berlin macht einen zum Komapatienten, je länger man hier ist, desto unwahrscheinlicher wird es, dass man wieder wegkommt. Wenn ich die Geschichte Einheimischen erzähle, füge ich hinzu, dass sie ja keine Vorstellung davon haben, wie viele Väter in ihrer Mutterstadt verschollen sind, im Grunde ist Berlin eine Art vaterfressende Pflanze. Ich erzähle die Geschichte schon lange, die Geschichte ist erprobt, sie hat sich bewährt. Und ich weiß nicht, warum ich plötzlich eine andere brauchen sollte. Ich drücke die Zigarette aus. Dann höre ich Schritte im Treppenhaus und den Schlüssel in der Tür. Ich schiebe den Brief zurück in seinen Umschlag und lasse das Kuvert in den Papiermüll gleiten. Dann setze ich frisches Kaffeewasser auf.

Dank

Allen voran an Simone Lappert und Marc Anton Jahn sowie an Ute Fürstenberg, Inge Fürstenberg, Sophie Zellmann, Katrin Schramm, Ruth Schweikert, die WG, die KGB, Adler & Söhne, Florian Glässing, Nikolas Hoppe und Sandra Heinrici, deren Scharfblick, Rat, Nudelgerichte und Zuspruch die Entstehung dieses Buchs ermöglicht haben.

An Rüdiger Sielaff und die BStU Frankfurt/Oder und an die BVG für ihre große Auskunftsfreude sowie an das Schweizerische Literaturinstitut und das Literarische Colloquium Berlin für Begleitung und Weiterbildung.

Inhaltsverzeichnis

1 Die einzige Narbe am Körper meiner Mutter 9
2 Fingerabdrücke auf dem Haltewunschknopf 20
3 Inventur meines Vaterwissens 29
4 Ich bin ja nicht aus Zucker 40
5 Was auf Gegenseitigkeit beruht 45
6 Kinderleben haben ihren Rhythmus, Mauern ihr Verfallsdatum 54
7 Sollnähe 59
8 Lebenswichtige Funktionen 71
9 Keine Anekdote, die man gern erzählt 76
10 Selbstgespräche mit dir 83
11 Mielke und Honecker reden über ihre Hobbys 89
12 Nicht mal eine A4-Seite 98
13 Von Gebäuden, die es nicht gibt 105
14 Weil es nichts anderes mehr zu tun gab 112
15 Drei zu null für die DDR 123
16 Was man nicht vergessen kann 128
17 Da geht man besser ins Museum 135
18 Vierhundert von sechzehntausend Schnipselsäcken 142
19 Aber sie erzählte 148
20 Quark im Schaufenster 152
21 Um Tiger war es nie gegangen 163
22 Die Säue zu mir, die Böcke zu dir 171
23 Trassen, die in den Westen führen 186
24 Das stetige Reiben mit dem Daumen auf der Handfläche 199
25 Das Recht auf einen Namen 206
26 Wo das Zuckerdöschen steht 213
27 Eine Urne Abstand 227
Epilog 233